清水孝純

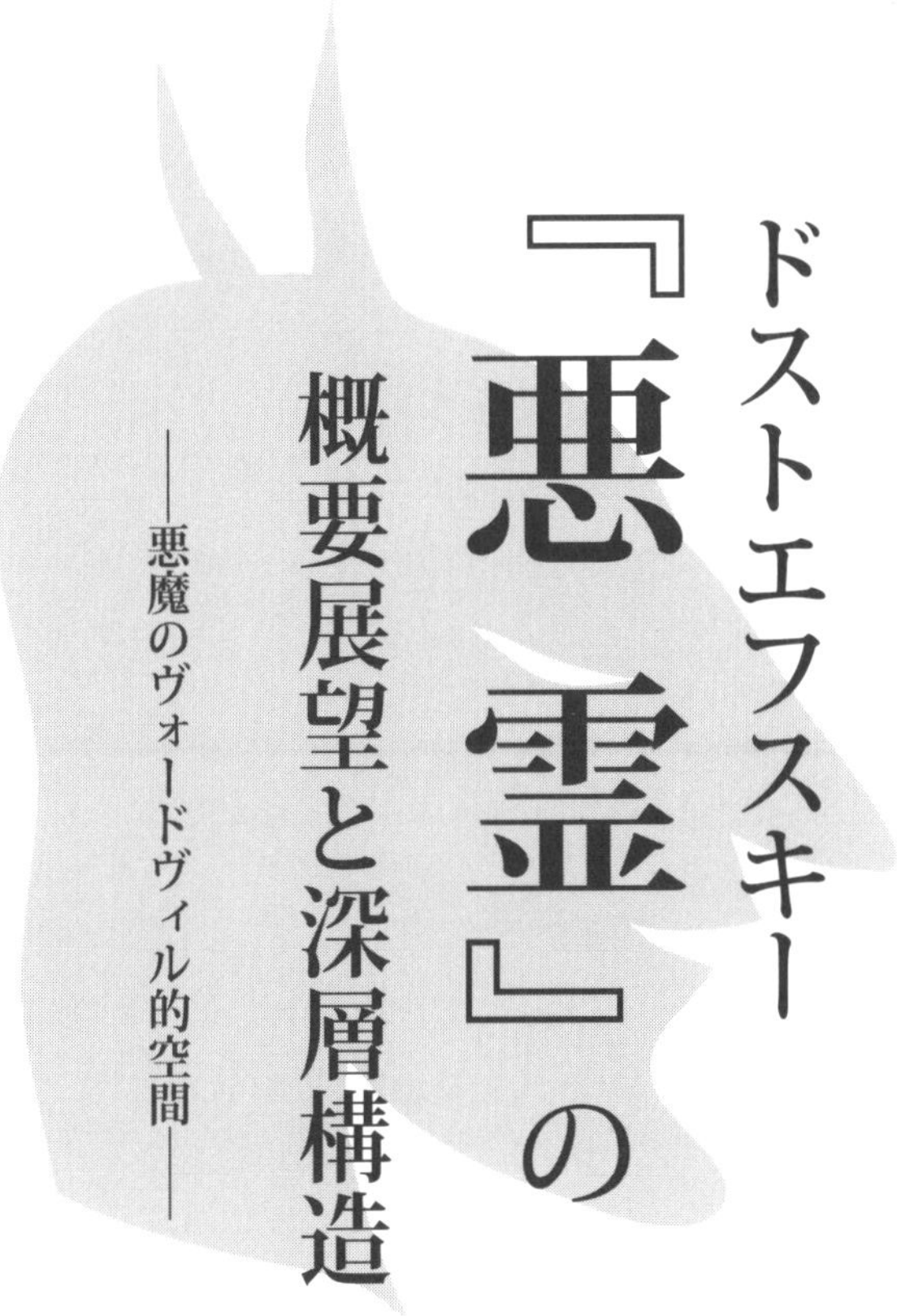

ドストエフスキー『悪霊』の概要展望と深層構造

——悪魔のヴォードヴィル的空間——

鳥影社

はじめに

『悪霊』の現代性

ドストエフスキーの小説の中で、もっとも現代的なのが『悪霊』ではないだろうか。『悪霊』という小説は憑依という問題をいわば基調低音とする。憑依とは、ひらたく言えば、とりつくということだ。

人間が対象を扱っている場合、いうまでもなく人間が主体で、対象を人間の意志によって支配的に扱うわけだが、とりつくとは逆に対象があたかも意志あるかのごとく人間を支配する現象と言っていいだろう。いわば対象が人間に乗り移るということだが、そういう現象は日常的に様々な形をとってあらわれているだろう。また様々な段階があるだろう。

そのなかでもっとも恐るべきは、悪霊による憑依というものだ。

しかし筆者がいま『悪霊』の現代性という時、悪霊の憑依というものではなく、憑依という現象一般について着目していっているのだ。

二〇世紀は戦争の時代だったが、戦争こそ憑依の惨劇とでもいうべきものではないか。それは第二次大戦中の日本のことを想起するだけで充分だろう。「撃ちてし止まん」のスローガンの憑依のもと日本人のたどった悲惨さをおもいおこそう。しかし戦争に憑依はつきものだ。アメリカもまた、パール・ハーバーを忘れるなという憑依に捉われたといえるのではないか。原子爆弾投下はそうした憑依のもとになされたとはいえまいか。

これらの憑依に悪霊の手ははたらいてはいないだろうが、翻ってナチス・ドイツの行ったジェノサイドには悪霊的憑依が潜在していたのではないかという感じがある。ヒトラーの死体はその妻エヴァ・ブラウンの死体共に、一切形骸をとどめないそうだが、いわばそれは悪霊的抽象的存在に還っていったという事ではないか。

とすれば、十九世紀小説の『悪霊』に現代にむけて開かれた意義があるかもしれない。

『悪霊』の成立

一八六九年一一月二六日ペテルブルグのペトローフスキー農業大学構内の池から青年の死体が出て来た。いわゆるネチャーエフ事件の発端である。青年はイワーノフといって、革命的秘密結社の一員だったが、転向を表明していた。結社の首謀者ネチャーエフは密告を恐れ、同志等と謀って二二日の夜青年を惨殺し、池に投棄して、国外へ逃亡したのである。ドストエフスキーは折からドレスデンに滞在していたが、そのニュースを市立図書館のロシア新聞で読み、創作にかかった。最初はパンフレット程度のものをかんがえ、ネチャーエフをモデルにピョートル・ヴェルホーヴェンスキーを主人公に考えたが、やがてニコライ・スタヴローギンという、遥かに巨大な、謎に満ちた人物が作家の想像力のなかで競《せ》りあがって来る。こうして『悪霊』はこのロシアのファウストともいうべきスタヴローギンと、ロシア的メフィストーフェレスともいうべきピョートルの一対を有する遍歴のドラマとなる。ゲーテの『ファウスト』がファウストの生の真の意義探究のドラマだとすれば、これはいわば倒錯したファウスト、ニヒリズムという十字架を負ったたファウストといってよいかと思う。スタヴローギンという名前はギリシャ語スタヴロス（十字架）から由来する。ニヒリズムによって十字架に処刑された男、それがスタヴローギンだ。ピョートルは悪霊的人間で、このロシア的メフィストーフェレスはスタヴローギンを世界潰滅の魔王たらしめんとして、スタヴローギンに破滅への道を用意する。

目次

ドストエフスキー『悪霊』の深層構造

――悪魔によるヴォードヴィル的空間――

はじめに 1

第一部　概要展望　『悪霊』という物語

ドストエフスキー版『父と子』 …… 17
その展開空間と語り手 …… 18
ニコライ・スタヴローギン …… 19
ニコライ・スタヴローギンの異常 …… 20
リーザとスタヴローギン …… 21
新知事登場 …… 21
ニヒリスト群像 …… 25
決闘の申し込み …… 29
ピョートルの暗躍 …… 29
ニコライ・スタヴローギンとシャートフ …… 30
小悪魔フェージカ登場 …… 32
決闘の推移 …… 33
女性教師救済パーティとピョートルの暗躍 …… 34

チーホン僧正のもとで……36
暗転した慈善会、連発する死の惨劇……36
シャートフ殺害……37
ステパン放浪と覚醒と、そしてその死……39
悪霊的存在者の自己否定……40

第二部　深層構造

第一章『悪霊』その展開空間 45

第二章『悪霊』の小説としての特質 54
1　感情移入することの出来る人物の欠如……54
2　殺人事件の頻発……62
3　登場人物の多様性……63
4　語りの特質とステパンの人間像……64
5　『悪霊』の真の主人公……67

第三章　『罪と罰』における悪霊　69
第四章　拡大流行する悪霊的ニヒリズム　79
1　奇妙な滑稽さの潜流　79
2　言葉もそこで混乱し、憑依的な自己主張の言葉が氾濫する　80
第五章　『悪霊』的世界の演出者　83
1　憑依するニヒリズム　83
2　『悪霊』における世界戯画化の性質　84
3　なぜヴォードヴィルか　87
4　キリーロフはなぜこのような表現をとったのか　88
5　「悪魔のヴォードヴィル」の演出者の執念　92
6　ピョートルとスタヴローギン　93
第六章　ヴォードヴィルとはなにか　100

第七章　ドストエフスキーとヴォードヴィル　103

1　『他人の妻とベッドの下の夫』……103

2　『伯父の夢』……106

3　『スチェパンチコーヴォ村の住人』……110

4　これらは、実はヴォードヴィルのパロディか……112

第八章　『悪霊』に内包されるヴォードヴィル的特色　118

1　『スチェパンチコーヴォ村の住人』『伯父の夢』における策略……118

2　『悪霊』における策略……119

3　欺瞞の網をいかに広く打ったか……124

4　ヴォードヴィル空間の転換点としての祭……128

5　破壊へのピョートルの情念……134

第九章　ピョートルの破壊戦略　141
1　支配階級に楔をいれる……142
2　ピョートルの他者操縦術……146

第十章　祭りという、実は悪魔による饗宴　151
1　重大な転換点の到来（Ⅰ）……151
2　破壊こそ善であるという風潮を醸し出す（Ⅰ）……152
3　重大な 転換点の到来（Ⅱ）……159
4　破壊こそ善であるという風潮を醸し出す（Ⅱ）……166
5　ピョートルの他者操作の秘訣……173
6　ニヒリズムの乱舞する悪霊的空間……175

第十一章　両極一点において相交わる　184
1　『悪霊』におけるヴォードヴィル的ドラマの帰趨……186
2　『悪霊』このドストエフスキー風黙示録変奏曲……188

第三部　『悪霊』変奏曲　197

「祭り」──『悪霊』版ワルプルギスの夜……199
『悪霊』変奏としての森鷗外『灰燼』……229
埴谷雄高『死霊』への道程としての『悪霊』……255

後　記　263

ドストエフスキー『悪霊』の深層構造

―悪魔によるヴォードヴィル的空間―

第一部　概要展望　『悪霊』という物語

ドストエフスキー版『父と子』

さて殺人事件の多発する『悪霊』という小説は、いかにも陰惨な小説と思われるが、全くそうではない。というのも主要人物のひとりステパン・ヴェルホーヴェンスキーの人物像によることが多いからだと思う。

ステパン氏は五十歳にもなる、初老ともいえる男でありながら、いまなお少年のような心情の持ち主で、最初から最後の死に至るまで一貫して登場するのはこのステパン氏なのだ。重要なことは、この小説は年代記というべきもので、それはアントン・ラヴレンチェヴィッチ・G氏によって語られるものだ。この語り手はステパン氏の親友なのだ。ステパンは時に彼にこころの内を漏らす。それによって、ステパンのこころの中を垣間見ることが出来るのだが、いわば空想の中に活きている、かつての学究の徒の喜劇的、時に感傷的な人物像が浮かびあがってくる。彼の言葉は絶えずフランス語を鏤めて発せられることもユーモアを添えている。G氏は彼がその肩にもたれかかってすすり泣きをしたと語っている。悪霊的存在ピョートルは実はステパン氏の最初の妻の子供ということをいっておく必要があるだろう。

つまりこれはドストエフスキー版『父と子』というべきものだ。この小説ではツルゲーネフはカルマジーノフという名で、カリカチュアライズされている。カルマジーノフはロシア語「カルマジーヌイ кармазинный（深紅色のという形容詞）」から作られたもので、革新思想の持主という皮肉だろうか。

『父と子』はツルゲーネフが一八六一年発表の小説で、ここでバザーロフなるニヒリストを登場させた。これはロシアのニヒリストとしての画期的出現だった。

ドストエフスキーはバザーロフのニヒリズムの浅さを、徹底的にその『悪霊』をつうじて批判したといってよい。

その展開空間と語り手

この小説は限られた時間と空間を有している。というのもこれは年代記だからだ。ある『異常な事件の続発した年』の記録といっていい。

そのスクヴェールシニキーという町で、ステパン氏を中心とするサークルが出来ていた。リプーチンという県庁役人で大の自由主義者で、無神論者。シャートフは無神論からロシア大地信仰へ転向している、激しい気性を秘めた男。ヴィルギンスキーは心情潔白な男。妻のヴィルギンスカヤはなかなか辛辣なお産婆だ。人柄は好かれないが、職業的腕前は達者なのでこわもてしている。リャームシンという、ユダヤ人の郵便局員もいる。

ヴァルヴァーラ夫人はサークルに属してはいないが、この連中の保護者とみなされていた。

ステパン氏は彼らに対して、こういった。「君たちはみんな『月足らず』連中なんだよ」「月足らず」とは近代的未成熟ということのメタファーにほかならない。それがステパン氏のロシア観だった。

一八六一年は農奴解放の日。異常な事態の出来が危惧されたが、べつに起きることもなかった。やがて国民性を問題にする輿論が生まれた。ステパン氏は『本当に生れ出たものとしても、まだやっと小学校時代』だとそれを冷笑。自分の信仰を問われて、自分は「大ゲーテかまたは古代ギリシャ人のような古い異教徒なんだ」といった。

ベリンスキーの有名なゴーゴリあての書簡で、ベリンスキーがゴーゴリの説く神を厳しく批判したことについてステパンが称賛した時、シャートフは激しく反発。「人民をもたぬものは、神をも持たぬ人」だ、ステパン氏一同を含め、僕らは、いまわしい無神論者でなければ、全ての事物に無関心な、放埒なやくざに過ぎないといいはなった。

ニコライ・スタヴローギン

ヴァルヴァーラ夫人が傾倒している人物はステパン氏のほか、息子のニコライ・スタヴローギンだった。そのニコライの養育者として、ステパン氏は招聘されたのだ。ステパンは、十か十一にしかならない少年に彼自身の内輪話をして、抱き合い涙したという。そのようにしてステパンは少年の心の奥深い琴線に触れ、「まだ漠としたものであるけれども、かの神聖な憂悶の最初の感覚を、呼び覚ました」という。

少年は学習院から近衛の騎兵連隊にはいった。ヴァルヴァーラ夫人は、わが子の成功を期待していた。ところが夫人の耳にしたのは、かなり奇怪な噂だった。それはまるで野獣のような放縦で、そこにはあまりにも醜悪なものが感じられた。ステパンはシェイクスピアの『ヘンリー四世』を持ちだして、慰めた。

ニコライ・スタヴローギンの異常

ニコライの放縦はなおやまず決闘で一人を即死させ、一人を身体不自由者にした。兵卒に降級させられたが、一八六三年のコーカサス征討戦の功績あって、復官するが、間もなく辞表を出す。かれはペテルブルグの屑の屑ともいうべきものたちと関わり合っているというのだった。母親ヴァルヴァーラ夫人の切なる願いで、ニコライはわれわれの町にやってきた。素晴らしい美男子だが、仮面のようで、嫌悪を抱かせるところがあった。恐ろしい力があるという噂もあった。

ガガーノフという町の有力者は、日頃から自分の鼻面を取って引き回すものはいないと、公言していた。クラブでそれを発した時、ニコライは二本指で鼻をつまみ引き回した。恐ろしい騒動が持ち上がった。ニコライは謝罪したが、その調子の無作法さが新しい侮辱になった。

翌日リプーチンの妻の誕生祝の席でも、彼女と、踊りながらその唇に接吻した。一同が非難する。県知事が謝罪させようとした。ニコライは老知事に近づき、囁くかと見せて耳に噛み付いた。ニコライはとらえられ、監房にいれられるが、夜中二時監房のドアを破壊する暴行を機に、彼が精神性の熱病にかかっていることが判明した。母親にひきわたされ、二か月療養したあと、イタリアに旅だった。

リーザとスタヴローギン

三年後の今年の四月ヴァルヴァーラ夫人の幼な友達のドロズドヴァ将軍未亡人から便りがあった。ニコライが未亡人の娘のリーザと親しくなっているという。リーザは巨額の金、遺産を持つ二十二歳。ヴァルヴァーラ夫人は養女ダーリヤを連れ、ドロズドヴァ母娘に会いに行く。ダーリヤを託して、帰って来る。

新知事登場

ヴァルヴァーラ夫人の留守中、フォン・レムブケーという新しい知事がやってきた。これは元来ドイツ人なのだが、ロシアにおけるドイツ人としていかに生きて来たかが、実に面白く語られる。ドストエフスキーがその戯画化的能力を十二分に発揮した箇所だ。

このフォン・レムブケーという男、貴族でも何でもありはしないのだが、フォンという貴族の称号を勝手に着けた。感受性は鈍いが、そのように自己を慰め、満足させる才覚だけは恵まれていた。同族の将軍のもとに居候していた時、将軍の娘に恋をしたが、娘は他に嫁いでしまった。しかしフォン・レムブケーは大して悲観することなく、六カ月かけて紙細工の劇場をこしらえた。

「幕が上がると、役者が出て来て、手で身振りをする。桟敷には見物人がすわっているし、オーケストラは機械仕掛けで、ヴァイオリンを弓でこするし、楽長は指揮棒を振りまわした。土間では伊達男や将校連が喝采する」というものだった。

将軍はわざわざ夜会を開き、この紙製劇場を観覧に供した。一同はその出来栄えを褒めた。そこには彼を振った娘夫婦もいた。レムブケーは満足して、やがて失恋の悲しみも忘れた。かれは同族の長官のもとで、結構よい地位に上る。小説を書いて雑誌の編集局に送るが、没になった。この時も一年かけて停車場の模型を作った。

「群衆がカバンを持ったりリュックサックを持ったり、犬や子供をつれたりして、停車場から出たり、汽車へ入ったりしている。車掌や駅夫があちこち歩きまわっているうちに、やがてベルが鳴り信号が与えられて、列車がそろそろ動き出す。」

レムブケーの紙細工の特徴は、いずれも劇場とか停車場といった、群衆を対象とする。しかもそこには複雑な動きが伴っている。これは、とにかく遊びであるにしても、純粋な動機から出た遊びではない。失望に対する代償行為というべきものかと思う。通常ならば、人間はなんらかの失望を、諦めとか、新しい希望によって、のりこえようとする。しかし、レンブケーには、そのような内面的な、葛藤はない。ということは自我がない。

レムブケに叔父の遺産も入り、あとは妻帯ということになった。

其処に現れたのがユリア・ミハイロヴナという四十すぎの裕福な女性だった。有力な保護者も持っている。レムブケーは彼女に恋し、詩をおくり、結婚する。彼女は県の政治を牛耳りたい、取り巻き連にちやほやされたいと願っていた。レムブケーはまたぞろ紙で教会を作った。これはスイスからとりよせたものだ。ユリア夫人は、一種の恐怖を感じ、取り上げて、代わりに小説を書くことを許したのだ。

好い年の大人が、このようなあそびに熱中する。夫人が恐怖を感じたのは、夫の行為のなかに単なる性格上の奇癖ではなく、深層心理に潜在する精神病的疾患ではなかったろうか。単なる奇癖だったら、そこに恐怖を覚えるはずはないだろう。

レムブケーはやがてこの県の知事として赴任してきた。しばらくは上手くいっていたのだが、ピョートルが現れてから、奇妙なことになった。ピョートルはレムブケーに対して、不遜な態度をとる。遂には、ピョートルはユリア夫人の寵児になった。留守の間にレムブケーの書斎に入り込むという始末に立ち至った。

レムブケーは大失策をやって、弱みを摑まれてしまった。彼の書いた小説をピョートルが持って行き、しかもなくしてしまったというのだ。さらにレムブケーは秘密の檄文のコレクションを見せたのはいいが、持って行かれてしまい、夫人にこっぴどく叱られる。

ユリア夫人は、ピョートルがなにか反社会的反乱を企てているらしいことを感じていたが、彼が滅亡の淵に立ったら、救済の手を差し伸べよう、なにしろピョートルは自分に心酔しているのだからと考えていた。ピョートルの悪霊的奸策を自分にたいする心酔ととる、何という危険なことか。語り手はもしユリア夫人の自負心と虚栄心がそれほどつよくなかったなら、この町で悪人たちが起こしたような事件は起きなかったろうといって、彼女に大部分責任があったといっている。

ユリア夫人やステパンにたいする社交界の態度は変わった。ステパンも愚痴っぽくなってきた。

夏の終わりに、ドロズドヴァ母娘がやってくる。ドロズドヴァ夫人はニコライがペテルブルグでリーザに恥をかかせたらしいと憤激し、さらにダーリアとの関係もほのめかす。ヴァルヴァーラ夫人はダーリアの純潔を信じ、ダーリアとステパンとを結婚させることにし、二人を説得する。

ニヒリスト群像

ある日リプーチンはステパンに一人の青年を紹介する。キリーロフという建築技師。ステパンの息子ピョートルの友人だ。キリーロフは生死を超えて自己を神にするためには、自殺しなければならないという奇矯な人神思想に憑かれた男。彼はシャートフと共に二年前移民船でアメリカに渡った。アメリカの労働者の苦難を体感しようとしたのだが、シャートフは発病。その時ニコライ・スタヴローギンが百ルーブリを送金、それで帰国したのだ。シャートフの別れた妻はニコライとパリで関係を持っているという噂だ。

シャートフは、革命主義者たちはロシアに動物的憎悪を抱き、自由主義者たちは思想的下男根性に過ぎぬと考えている。

キリーロフはこの町でシャートフと同じ家に住んでいる。その家には退職二等大尉レビャートキンなる、怪しげな男が住んでいる。足の悪いユローディヴァヤ（宗教畸人、いわば神に憑依された女）の妹マリアを虐待するが、マリアは平然たるもの。ニコライは五、六年前ペテルブルグでこの兄妹と知り合ったらしい。

リーザはこの町に来てから馬を乗り回したりして、顰蹙を買っている。高慢な美人で、常に砲兵大尉マヴリーキーが守護者のように付いている。リーザのところにはレビャートキンがニコライとユローディヴァヤ・マリアの関係を仄めかす手紙をよこした。

ある日曜日教会の礼拝堂でヴァルヴァーラ夫人の前に異様な女性が現れる。マリアだ。夫人はマリアだと推測し、施しを与えたうえ家まで送って行った。夫人もリーザ同様の手紙を受け取っていた。

その日はステパンとダーリアとの婚約発表日だったので、スタヴローギン家の広間にはステパン、ダーリア、シャートフが集まっていた。レビャートキン大尉も妹マリアを連れてやって来る。大尉はいう、妹は夫人の施しを受ける権利があるという。マリアがニコライと正式に結婚しているという事の暗示である。

そこへ年のころ二十七歳ほどの未知の青年が現れた。ピョートル・ヴェルホーヴェンスキーで、ステパンの息子だ。彼こそこの小説の中での悪霊的存在であり、外貌言葉共に、悪霊性をしめす。

ニコライ・スタヴローギンが現れた。ヴァルヴァーラ夫人はニコライにマリアが妻かどうか真偽を糺す。ニコライはマリアに近づく。マリアは歓喜の色を浮かべるが、ニコライは、あなたは真実なお友達ではあるが、赤の他人だと言って室外に連れ出してしまう。

そのあとピョートルが語る。

五年前ペテルブルグでのこと、ニコライはカルタ賭博をやっていた。マリアをからかった小役人を二階の窓から放り出した。これがマリアの知的能力を震撼させてしまった。ニコライはというと、マリアをうやうやしい態度で遇し始めたのだ。キリーロフはこれをマリアの運命を狂わせる危険な行為だと警告したが、ニコライは、自分は彼女を尊敬している、彼女はわれわれわれの誰よりもすぐれているからだと受け合わない。マリアはニコライを自分の許嫁者のように考えるようになった。

二、三か月してニコライは当地に来た。出発前にマリアに相当の補助を与えたが、兄のレビャートキン大尉に巻き上げられてしまった。大尉はニコライから金をせびっては酒を飲んでいる。ニコライはペテルブルグでマリアと結婚した。

ピョートルは、父ステパンから「スイスで行われた他人の罪業」と余儀なく結婚することになったという手紙を貰ったとすっぱ抜く。ヴァルヴァーラ夫人は憤慨して、ステパンに絶交を言い渡す。

「他人の罪業」とはニコライがステパンの婚約相手ダーリヤと関係があったということの仄めかしだ。

シャートフがニコライの頬を握りこぶしで叩く。ニコライは恐るべき腕力の持ち主だ。反撃すればシャートフは一撃のもとに打ち倒されるに違いない。しかし、ニコライはシャートフの肩を摑み、しばらく凝然とたちすくんだ。灼熱の鉄棒を握りしめているといえるほどの忍耐を貫いたのだ。ニコライの凄まじい意志力の現れといえる。

シャートフの妻をニコライは奪った。しかしシャートフの怒りはその屈辱にたいする報復ではなかった。ニコライがリーザの前で、半狂女マリアとの関係を否定したことに憤激したのだ。リーザは失神する。ニコライはシャートフを殺すだろうといううわさが広まる。

新知事にフォン・レムブケーが就任した。彼はドイツ人、年上の妻ユリア・レンブケーには頭が上がらない。ピョートルはそれを見抜いて、知事夫人に取り入り、社交界の寵児になった。

文豪カルマジーノフ（ツルゲーネフがモデル）はロシアの未来は進歩党に握られていると思い、ピョートルを手なずけようとする。ステパンはかつてはこの文豪と親交があったが、今は離れている。

リーザとマヴリーキイとの婚約も取り沙汰されている。

ニコライは数日間閉じこもって過ごした。

決闘申し込み

かつてニコライが鼻を二本指で挟んで曳き廻したガガーノフの息子の近衛予備大尉が四年前の父の恥辱の怨みを、なお深く持ち続けていた。しかし決闘を申し入れるわけにもいかなかった。スタヴローギンは丁寧な謝罪の手紙を二度にわたって送っていたのだ。ガガーノフから決闘を申し込むいわれはない。そこでニコライの側から申し込ませるようにするしかない。ガガーノフは暴慢比類なき手紙をニコライに送ったのだ。それに対してのニコライの謝罪の言葉も、類のない譲歩も、ガガーノフの一言のもと恐ろしい憤激を以て退けられた。謝罪の手紙をだしたが、相手は応じない。決闘をニコライは申し込まざるを得ない。

彼はフィリッポフの持ち家を尋ねる。そこにはシャートフとキリーロフが住んでいる。ニコライはキリーロフのもとに赴き、決闘の介添えを頼む。さらにキリーロフからピストルを借りる。これはキリーロフが自殺の為に用意したものだ。

ピョートルの暗躍

その間ピョートルはニコライの頼みでレビャートキン兄妹をひそかに川向うに引っ越しさせた。さらにピョートルは流刑地シベリヤからの逃亡囚フェージカがやってきたことを告げる。フェージカはピョートルの父ステパン氏がカルタでの損害の賠償に、兵隊に売り飛ばした男だ。この男は何でもやってくれるとピョートルは暗示めいたことをほのめかす。

ニコライ・スタヴローギンとシャートフ

ニコライはシャートフと会い、重大な警告を発した。シャートフはアメリカ出発前ピョートルの秘密結社に入っていたが、アメリカで思想を一変して退会を願い出た。ところが会は、それにたいして返答を与えず、ロシアに帰ったら、この町である人から活版の器械を受け取って、会から人が来るまで預かっているよう命ぜられた。だが密告を恐れて、暗殺されるかもしれないという警告だ。

シャートフはスタヴローギンが所属している会について、なぜあのような会に入っているのかと問いただす。ニコライは会には入ってはいない、自分も同じく会員ではないから狙われているが、シャートフの場合とは違う。会員はピョートルひとりしかいないと告げる。また二、三日うちには自分とマリアの結婚を公表するつもりだという。

シャートフは追及する。ニコライがペテルブルグでマルキ・ド・サド顔負けの好色会に入っていたこと、さらにニコライが多くの幼いものを誘惑して堕落させたというのは本当だろうかと迫る。ニコライは長い沈黙のあと、そういう事はいったが、子供を辱めたのは、自分ではないと否定した。シャートフの激しい追及は続く。

ニコライは淫獣のような行為も、人類のために生命を擲つ行為も、美の見地からみれば、同等だといったというが、本当にそのようなことを言ったのか。ニコライはいう。

「そう聞かれると、返事が出来ない。」

シャートフはさらに続ける。かれはニコライにかわって、ニコライという人物の特異性の説明をする。善悪の差別感の著しい摩滅。なぜああまで醜悪な醜悪下劣な結婚をしたのか。この場合、醜悪な無意味というものが、ほとんど天才的ともいうべき程度に達したからだ。端をびくびく歩くことなどはしない、真っ逆さまに飛び込んでしまう。それは良心の苦悩の為の愛、精神的情欲のためだ。「こののらくらの極道若様!」

ニコライは「君は心理学者だ」と青ざめて、その非難の目的をもとめる。シャートフはいう。「土を接吻なさい、涙でぬらしなさい赦しを求めなさい」

しかしニコライに君は神を信ずるかと聞かれて、シャートフは信じているという確信の答えはいえず、「信ずるだろう」としか答えられなかった。シャートフはニコライこそ新しい旗印を掲げる旗手と信じていた。一方ピョートルもまたその野望達成のための僭主としてニコライを狙っていた。しかしそれは世界を未曽有の混乱に導き入れるという悪魔的な目論見からだったのだ。ピョートルにとってニコライ・スタヴローギンはいわばその暗黒の世界の支配者たる魔王に他ならない。

小悪魔フェージカの登場

ニコライは雨の夜道を、レビャートキン兄妹に会いに行ったとき、寂しい橋の所で、脱獄囚フェージカにつかまる。ピョートルはフェージカにロシア全国に通用するパスポートと引き換えに、ニコライを待ち伏せして、彼からレビャートキン兄妹殺害の命令を受けるよう命じていた。このフェージカという男は欲望追及の為にはいかなる悪逆無道も辞さない、シベリヤからの逃亡犯だが、じつはステパンの使用人だった。

ステパンがカルタの賭けで受けた損害の穴埋めに、彼はフェージカを軍隊に売り飛ばしたのだ。フェージカは三日三晩ニコライを待ち続けた駄賃として三ルーブリを要求するが、ニコライは応じない。

ニコライがマリヤの部屋に入ったとき、彼女は鋭い直覚でなにかしら恐怖を感じ、お前はわたしの恋人に似ているが違う。私の恋人は輝くばかり立派な鷹だ、公爵だが、お前は違う。梟だ、小あきんどだ、とあざける。お前は偽公爵だと罵り、お前は刀を持っていると、ニコライの殺意を暗に仄めかす。ニコライは刀などもっているはずもない。しかしその言葉はニコライの無意識の底に潜在する殺意に触れたに違いない。ニコライはぎりぎり歯噛みして、マリアを突き飛ばし飛び出す。マリアは起き上がり、入口にあって甲高くわめいた。

「グリーシカ・オトレーピエフ！　あーくーま！」

グリーシカ・オトレーピエフとは歴史上の人物で、王位簒奪者のことだ。

その帰り再びフェージカが現れる。フェージカは金と引き換えに片を付けてやるという。ニコライは橋の上でこの浮浪漢をひきたおす。なおフェージカはついてくる。フェージカは金と引き換えにレビャートキン大尉兄妹の殺害を約束する。ニコライはぬかるみのなかに五十ルーブリの札束を財布から抜きだし、一枚一枚と投げ捨てていった。フェージカはさけびながらそれを追った。スタヴローギンがここでフェージカに暗黙の了解を与えたというのも、マリアの罵りが実は彼の深層心理に潜在していた半狂女殺害の具体的実行への口実となったのではないか。この、ニコライが札束をぬかるみに投げすて、それをフェージカが叫びをあげて次々とひろってゆくという光景は、『悪霊』という小説のメタファー的深さをあらわしているだろう。通常ならば金を与えてすむ所だが、ニコライはそこに限りない醜悪さをこめた。

決闘の推移

翌日の午後、ガガーノフとの決闘が行われた。ニコライは相手に三度手直しを許すという条件を申し出た。ガガーノフは三度失敗し、ニコライは三度とも空中に発射した。それがまたあたらしい侮辱となった。これもまたニコライの狡猾な心理的策略の勝利といえるだろう。

スタヴローギンは、かつて決闘で相手を打ち倒したことがあった。空中にむけた三発の射撃は相手を憤激させる。憤激は手をふるわせる。ふるい出すと、それは倍加する。

決闘の顚末が広まり、ニコライの評判は一挙に回復した。

女性教師救済パーティとピョートルの暗躍

ヴァルヴーラ夫人とユリア夫人との交際も開かれた。ユリア夫人は、県内の女性家庭教師救済という名目でパーティを開くことを計画している。昼と夜の部からなり、昼の部は講演会、夜の部は舞踏会を予定していた。講演会にはカルマジーノフが「メルシー」を語る、夫人はステパンにも講演を頼んだ。このカルマジーノフというのはツルゲーネフをパロディ化したものだ。その講演題目「メルシー」もまたその作品「足れり」「幻」のパロディだ。講演会にはステパンも出る。彼はシスチンのマドンナについて話すという。

ピョートルとその取り巻き連が準備を牛耳っていた。会員券が一般庶民に配られ、町じゅうがお祭り気分になった。ピョートルは忙し気に動きまわっていた。密かに過激な檄文を配布し、工場閉鎖で不穏な状態にある工場にも持ち込んだ。

知事邸に、匿名の投書を持ち込んだのも彼だろう。それは暴動についての密告だった。知事への投書にはシャートフとキリーロフが怪しいとあった。

一方でピョートルは事件が起きた時、その犯人は自分だという一筆をキリーロフから取り付けた。キリーロフの独特な自殺理論、人神理論は現実を超越するというものだ。ピョートルはキリーロフの自殺理論を語るときの陶酔を巧みに逆用したのだ。

ピョートルはシャートフに印刷機械の返却を命令した。ニコライのもとを訪れる。マヴリーキーが来ていて、ニコライにリーザとの結婚を頼んでいるが、ニコライはマリアと結婚しているからできないと告白する。

このマヴリーキーという男はリーザの守護役で、リーザを熱愛している。しかしリーザのスタヴローギンへの愛の激しさの前に自らの愛を犠牲にするという男だ。

ピョートルはマヴリーキーの目的を察知してニコライを説得する機会だと思う。ピョートルは「五人組」を形成した。そのメンバーたちは、その組織がヨーロッパのインターナショナルの傘下のもとにあると信じ切っている。ピョートルは官僚主義とセンチメンタリズムと自分自身の意見に対する羞恥が、一切を結合させるセメントだという。ニコライはピョートルの魂胆を見抜いて、団結を謀るには仲間のひとりを、スパイにしたてて、その血で購うのがもっとも有効だという。ピョートルはその晩、仲間の会議で、シャートフの裏切りを印象付けた後、再度ニコライを陥れようとする。ニコライはシャートフを君に渡しはしない、レビャートキン兄妹殺害を餌にしたくとも、そうは行かないと拒絶する。ピョートルは狼狽しながらも、自分たちはロシアに混乱時代を現出するのだ、必要なのは新しい力だ、君なしにはそれが成り立たない、三日以内に応えてくれと迫った。

次の日は慈善会、その早朝だったが、ステパンは家宅捜査をされ、ひどく衝撃を受ける。一方解雇された労働者七十人が、支配人の制裁を求めて、フォン・レムブケー知事宅に押し寄せる。混乱の内にうち合わせが行われる。その席にニコライが突如現れた。リーザは彼を凝視している。マリアとの結婚について真偽をただす。ニコライは過去の秘密を公表した。

チーホン僧正のもとで

翌日昼前、ニコライは町の修道院の庵室にチーホン僧正を尋ねる。「スタヴローギンより」という告白書を携えて、自分を人々の非難の下にさらして、自らを試練しようと用意したものだ。そのなかには少女凌辱の告白もあった。

しかしチーホン僧正は、この告白を読み終わり、あなたはこの告白の発表に伴う汚辱に耐えられるかと聞いた後、叫ぶ。「この告白の公表を避けるため、新たな犯罪を決行する」

暗転した慈善会、連発する死の惨劇

慈善会は修羅場と化した。カルマジーノフ、ステパン、ほか一人の講演は、聴衆の野次と罵倒の的となった。やくざな連中が食堂に殺到した。

ピョートルは前日に幹事を辞退していたが、この騒ぎをよそに、リーザを馬車に載せてスタヴローギン邸に運ぶ手引きをしていた。やがて舞踏会の最中に、川向う一帯に火焔が見える。点々と上がる火の手から放火だと判った。

一夜あけて、陰気な朝がきた。川向うの一軒家からレビャートキン兄妹と女中の惨死体が発見されたのだ。犯人は放火して証拠湮滅を謀ったのだが、消し止められたのだ。

この犯行のさなかに、リーザはスタヴローギンと一夜を過ごした。そのあと、ピョートルがレビャートキン兄妹殺害の報をもたらすや、リーザはマヴリーキーとともに殺人現場に直行するが、群衆の怒りに巻き込まれて撲殺される。その日の昼、スタヴローギンはペテルグルグに発った。

シャートフ殺害

ピョートルは密告を恐れてシャートフ殺害を決意する。ピョートルはキリーロフの下に行き以前の約束、これから行なわれようとする犯罪の犯人役を引き受けるという約束の確認におもむくのだが、そこで流刑からの逃亡囚フェージカに会う。フェージカはレビャートキン兄妹暗殺の報酬千五百ルーブリのうちピョートルから二百ルーブリ貰っただけだったので残額と旅券を要求しにきたのだ。

——翌朝、郊外の路上にフェージカの殴殺死体が転がっていた。警察はシピグリーン工場のフォームカという男がフェージカと共犯で手にした金の分配争いでフェージカを殺したと断定した。

五人組が暗殺計画を謀っていた頃、シャートフのもとに三年前別れた妻が戻ってきた。シャートフは狂気して彼女をむかえた。そこにピョートルの使者が来て、正式除名を通告するとともに、明晩七時、印刷機を引き渡してほしいからシャートフが印刷機を隠匿した場所に来てほしいと告げる。

マリイは妊娠していて、既に陣痛が始まっている。キリーロフや産婆ヴィルギンスカヤのおかげで男の子を産む。スタヴローギンの子だ。しかしシャートフは自分の子として喜ぶ。

翌日の約束の時刻、公園の隅の森林の陰に、ピョートルをはじめ一同は集まった。

シャートフが到着する直前、シガリョーフは、この計画は純粋な社会主義ではなく、政治的権力に屈するものだと述べて、決然と去って行った。ヴィルギンスキーとリャームシンも不同意だったが、立ち去る勇気は出ない。

シャートフがやってきた。彼は自分が埋めた印刷機はこのあたりと、足でとんとやったとき、背後の木陰からトルカチェンコが飛びかかる。エルケリも背後から肘を摑む、リプーチンは前から躍りかかり、三人で彼を地べたに押し付けた。三つの角灯があたりを照らす。ピョートルはシャートフの額に正確にピストルを押し付けて引き金を引いた。死骸は予定通り石をつけて、手近の池に沈めた。直後一同凝然とたたずむとき、突然ヴィルギンスキーが悲し気に叫んだ。

「これは違う、まるで違う。いけない、まるっきり違う！」

リャームシンがそれを背後からしめつけ、今度は彼自身獣のような声でさけびだした。エルケリがリャームシンをやっとのことで引きはなす。

ピョートルは語った——諸君の進むべき道は、ただ一切の破壊、国家とその道徳の破壊あるのみだ。破壊のあとには権力を継承している我々が残る。賢者は仲間に加え、愚者は馬蹄にかけるのみだ。ピョートルはすばやく旅装を整えて、キリーロフのもとを訪れ、キリーロフに自分がシャートフ殺害の犯人だという遺書を書かせる。キリーロフは自殺の最後を見届けようとしたピョートルの指に噛み付いた。

ピョートルは翌朝、一番列車でこの町から姿をけした。

ステパン放浪とその覚醒、そして死

ステパンは、ヴァルヴァーラ夫人に離別を宣言されて、放浪の旅に出る。ヴァルヴァーラ夫人は、それ以前の夫人とは正反対の人柄に変わっていた。カルマジーノフを国家的重要人物として尊重し、チェルヌイシェフスキー流の唯物思想に薫染されていたのだ。ステパンは放浪の旅の途中熱病にかかる。同宿の聖書売りの女に看取られて、安らぎの境地に入る。彼は女に聖書のルカ伝の一節を読んでもらう。それは、人間に憑りついた悪霊が、イエスの許しを得て豚の中に入り、豚は雪崩を打って湖に駆け下りおぼれ死んでしまったという箇所だ。ステパンはそこにロシアの運命を見る。

「私たちは皆悪霊に憑かれて、狂いまわりながら崖から海へ飛び込んで、溺れ死んでしまうのです。」

ヴァルヴァーラ夫人とダーリヤが彼の行方を求めて来たとき、神について、信仰告白を成して息を引きとったのだった。

悪霊的存在者の自己否定

リャームシンの自白で一切が明るみに出た。五人組は次々と逮捕されたが、ピョートルの行方は全くわからなかった。

留守中ニコライからダーリヤあての手紙が来ていた。彼はスイスの山奥に出発する、ついてはダーリヤに同行してほしいと言ってきたのだ。ヴァルヴァーラ夫人はダーリヤと連れだって、ニコライの後を追う準備をする。ところが、別荘の使用人が来てニコライが来ているが、様子がおかしいと連絡してくる。二人はニコライのもとに駆け付け、ニコライの縊死体を見つけ、夫人は悶絶する。書き置きに「他人を罪する勿れ。余自らのわざなり」とあった。一切は明瞭な意識のうちでおこなわれたことはあきらかだった。

第二部　深層構造

第一章 『悪霊』その展開空間

『悪霊』はいわゆるドストエフスキーの五大小説のなかでも、特異なものであり他の四大小説に比べてみても、様々な点で大きな差異を持つ。それが内包する具体的な人物像の多様性、またその人物像の叙述の特異性、さらに構造的な複雑さ、語りの特性、なによりも小説の通時的というよりは、既に過去の出来事と化した事件を構造的に再構成したかのごとき年代記という特性、ドストエフスキーはこの小説におけるほど、観念に憑依された群像の混沌として豊穣極まりないドラマを構想したことはない。いわば、十九世紀ヨーロッパ社会の大きな変動の波の中で揺れるロシアという国をСкворечникという小都市にいわばモデル化してみせた。この語はСкворечник（むく鳥の巣箱）を連想させる。発音もこの場合ロシア文字のч（チェー）はш（シャー）と発音される。

地方都市をいわばモデル化したといえる演劇的空間、それは戯画化された空間、さらにいうならば「悪魔によるヴォードヴィル的空間」に他ならない。ここで悪魔とは、悪霊化したニヒリズムであり、悪魔によるヴォードヴィル空間とは、悪霊化したニヒリズムによってこの縮図としてのロシア社会が翻弄されてゆく劇的空間だ。

ヴォードヴィルとはなにか。

『地下生活者の手記』で主人公は「ヴォードヴィル」では否定は許されないと語っている。つまり喜劇の一種なのだ。ヴォードヴィルについては、後に詳しく述べるが、「悪魔によるヴォードヴィル」とは「悪魔の演出する喜劇」というものだ。つまり人々は陽気に人生を生きてゆくが、実際には悪魔によって操られ、破滅の淵に向かって進んでゆくというものだ。

その生の破滅と人間精神破壊の戦略の恐るべき点は、それが人間精神の中核に働きかけるということだ。悪魔は人間精神の中核に、ニヒリズムという否定観念の恐るべき憑依を埋め込んだ。既成観念の完全否定という観念の憑依によって、社会の有機体としての組織のなかにひびが入る。神への信仰は地上に投げ捨てられ、聖なるものは拒否され、善悪の判別は無化され、一切は許されるというニヒリズムが現出する。

不思議なことにこの恐るべき観念は、若い魂を一挙に虜にして止まない。なぜならこのニヒリズムは1＋1＝2の論理に鎧われていて、経験の浅い、さらに現状に対する不満を持ち、新鮮なる自我意識に目覚めたばかりの青年にはその論理は絶対的なものとして現象する。共時的な判断を前にして、既成観念はこの否定の論理の前には、てもなく屈するのだ。

柔らかな、新鮮な魂ほど、こうした否定の観念に無防備なものはない。社会は実に様々な悪、矛盾に満ちているが、ニヒリズムはそれをゴルディアスの結び目を解いたアレクサンドロス大王の剣のように、一挙に解決するだろう。人生の出発点に立って、溌剌たる感受性と新鮮な批判精神に目覚めた若い魂は、ニヒリズムのくだす鮮やかな否定の裁断に、これこそ真理と飛びつくことになるだろう。

これこそ真理という、いわばユーレカの叫びを若い魂が発した時、これは憑依と化すことになるだろう。ひとたび憑依化したとなると、奇怪なことに、それは自我の外から来た、いわば外来者であるにもかかわらず、殆んど自分のうちから発したものの如く現象し、彼自身を突き動かすことになるだろう。否定の論理は、自我内部から発したものとして、自我の根底に根を下ろす。こうして外来の否定の論理は、いわば一種の悪霊的存在と化すということだ。しかも恐るべきことは、単に新鮮な若い魂に憑依するにしても、憑依はより純粋で、より鋭い知能の青年に憑りつくということだ。これは日本における悪霊的事件ともいえるオーム真理教事件の実行者の青年が、すべてそのジェネレーションのトップクラスの青年たちだったということを想起するだけで充分だろうと思う。昔、東大新人会の左翼青年は丹頂鶴と呼ばれていたということを聞いたことがある。つまり優秀な学生ほど左傾するという比喩だ。

問題は、このニヒリズムの齎す悪霊的現象が単に個人に留まらないという事だ。そのことをほとんど予言的にドストエフスキーは『罪と罰』のエピローグで書いた。これは御承知の方も多いだろう。それはラスコーリニコフが、シベリアの監獄病院にあって熱にうなされて見た夢で、奇怪なものだった。

その夢は、アジアの奥地から由来した一種の恐るべき伝染病、旋毛虫病に似たもので、それに罹った人間は自分だけが真理を知っているという妄想に捉えられる。彼にとって他者はすべて真理の外にある。この悪魔的唯我論が、しかし万人に伝染して行くと、人間関係・社会関係は分断され、争いが起き、それは殺人から始まって、集団的殺戮、戦争へと拡大して行き、人類は滅亡してしまうが、それを逃れて残った人々は新しいエルサレムの存在を感じていたという。

ここで恐るべき伝染病を旋毛虫病にたとえた点に注目したい。旋毛虫病とはなにか。旋毛虫病とは旋毛虫によっておこる病気のことだが、旋毛虫とは豚などの寄生虫で腸内にとりついて、そこで栄養分を吸収して本体を衰弱させるというものだ。当の本人は自分の衰弱の元凶が自分の腸の中にあるとは気づかないだろう。このような時、自分の衰弱は自己内部から発生したものとして現象することになる。アジアから伝達した伝染病、ラスコーリニコフの夢に現れた自己の絶体化、それは観念的なものだが、旋毛虫のように体内に潜りこんでしまうという点が恐ろしい。

ニヒリズムという旋毛虫は、主体の魂から養分を吸い取って太ってゆき、魂は膨れ上がったニヒリズムを自分の中から出て来たものと認知する。こうして、個々の魂が自己を絶対化することにより破滅の路を歩むことになるだろう。こうして集団が悪霊的道を辿ることになる。それも文明的に若い国、或は圧政に悩んでいた国ほど集団的に悪霊化に伝染しやすいという特徴は個人の場合と変わらない。革命が何故ロシアで起きたかを考えて見ればその間の事情は明らかではないか。その後の世界史の展開もそれを示している。

二〇世紀の終わり近く、ロシアは旧社会主義体制から、ふたたびロシア正教の国へと戻った。しかし、スターリンの支配下、悪霊的権力によって圧殺されたものの数は恐るべきものだった。

悪魔ほど人間性に精通したものはいない。その誘惑は巧みであり、人間の本性もっとも望むところのものを利用し、破滅へのみちを敷設する。人間のうちの善なるものも愚劣で嘲笑すべきものとして現象するだろう。こうして現代的悪霊たるニヒリズムはより独立心の強い、自負にあふれた、しかし時として、存在自体への強いルサンチマン（ressentiment 怨念）によって薫染された魂にすりより、その自我の深部に浸透する。一たび憑依するや、それはその自我の一部に溶解し、既成道徳一切のものに対する否定は彼自身のうちから発したもののごとく現象する。それが自分の魂の奥所に外からやってきて棲みついた悪霊的ニヒリズムの支配によるものとは想像もつかない。

実は既成一切のものの絶対否定のニヒリズムとは破滅への道に播かれた造り毒花だ。

何故悪霊は若い魂の優秀なるものに憑りつくかといえば、神に対する悪魔のルサンチマンによって、説明されるだろう。

地獄の王ルシフェロは嘗て天上にあって美しい天使だったが、傲慢さによって地獄に落とされた。彼は地獄の王として、地獄に君臨する。しかしかれは神への報復を夢見る。そこで、神の創造した人間の中で最も優秀なものを選ぶのだ。それを破滅の道に追い込むことこそかれのルサンチマンの最高の成果だ。


『ファウスト』はそのメタファーだ。

メフィストーフェレスはファウストの前に現れ、ファウストに血の契約をする。ファウストとはなにものか。地上の学識の一切に通暁した老学究なのだ。しかし、彼はなお人生そのものの生きる意味を掴めないでいる。その前に現れたのがメフィストーフェレスだ。メフィストーフェレスはファウストに地上のあらゆる歓楽を提供し、もしファウストがその歓楽のなかに人生の意味を見出し、「瞬間よ、止まれ」と叫んだなら、その時こそ、ファウストの魂を地獄に引きずり込むという契約をする。ゲーテの『ファウスト』では、二部構成で、小世界と大世界に分れる。小世界は庶民の世界、大世界は貴族社会だ。ファウストはメフィストーフェレスとともにこれらの世界を遍歴する。

最後にファウストは人生の真意義に逢着して、「この瞬間よ、止まれ」と叫び倒れる。メフィストーフェレスは、ここぞとばかりファウストの魂を地獄へ持ち去ろうとするが、それより早く天上の神がファウストの魂を天上に引き上げてしまい、結局メフィストーフェレスの神への報復は失敗に終わるのだ。

契約違反にもみえるが、そうではないのだろう。これは瞬間の捉え方の違いによる。悪魔はそれを自身に惹きつけて、個人的欲望の享楽的充足の中に見た。しかしファウストのそれは、人類的な規模での自己献身、そこにファウストは人生の真意義を見出したのだ。悪魔には、そのような天上的なものはわからない。ここに悪魔の誘惑術の限界があることを、一応確認しておこう。

さて『悪霊』という小説では、この悪魔の誘惑術が縦横に発揮されるのだ。

ドストエフスキーの五大小説のうち、『悪霊』はもっとも戯画化性の強い作品である。またもっとも多彩な観念が様々な階層の人物に憑りつき、ほしいままに跳梁する、複雑極まりないポリフォニーの世界である。悪魔のカーニヴァルとでもいいたい、この奇怪な、猥雑な、そして深刻極まりないアイロニーに満ちたこの世界を、どうとらえるべきか。

始めに喜劇ありき、しかしそれは恐るべき悲劇へと転落する。

これは単なる悲劇にもまして恐るべき悲劇だが、しかし悲劇にしては、アリストテレスいうところのカタルシスはそこにはない。というのも、いわゆる悲劇が主人公のうえに降りかかる不可知な、大きな運命の手の翻弄の認知によって惹き起こされるとしたら、ここにはそうした悲劇性はない。むしろここでの悲劇性は終末論的ともいうべきもの、いわば否定と破壊の悪霊による社会崩壊を予兆させる悲劇性というべきものだ。

言うまでもなく『悪霊』の中心人物はスタヴローギンで、しかも最も謎めいた人物であり、又最も悲劇的な人物だが、しかし現象的には巨大な一つの戯画、「悪魔のヴォードヴィル」ともいうべき猥雑な喜劇空間の中での主人公として現れている。巨大な悲劇的空間の中にセットされた戯画的空間、それはスタヴローギンのメフィストーフェレスともいうべきピョートル・ヴェルホーヴェンスキーを導き手として、悪を遍歴するドストエフスキー的ファウストだ。ファウストが最後にメフィストーフェレスとの賭けによって、地獄に引いて行かれるはずの瞬間、神によって救済されたように、このロシアのファウストは自殺という自己処罰によって悪霊に反撃する。それはいわば彼のたどってきた悪霊的遍歴の告発ではないか。

そうしたなかでステパン・ヴェルホーヴェンスキーの復活がなされてゆく。

ステパンは、この小説の第三の主人公ともいうべき悪霊的存在ピョートルの父親だが、実はこの物語ではスタヴローギンと並ぶ第二の主人公といっていいだろう。

スタヴローギンの教育に携わったのは他ならぬステパンなのだ。ここには『父と子』のテーマが隠されている。ステパン、スタヴローギン、ピョートルという、父の世代と子の世代、子の世代はニヒリズムに魂を浸蝕されている世代であり、一方ステパンは昔ながらの価値の強固な信奉者なのだ。彼だけは悪霊に憑りつかれなかった。彼は、住み慣れたヴァルヴァーラ夫人のもとを去って、放浪しそこで魂の復活に目覚め、しかし旅のさなかに病んでこの世を去ることになる。

ただひとり、悪霊的存在たる、その子ピョートルだけは国外に逃亡して行くのだ。

以上、このように錯雑した構造こそが『悪霊』の世界なのだ。まずはこうした巨視的な視点にたちつつ『悪霊』の世界の特質を見てみよう。

第二章 『悪霊』の小説としての特質

1 感情移入することの出来る人物の欠如

スタヴローギン

まず『悪霊』という小説の持つ感触ともいうべきもの、われわれ読者が抱く漠然とした印象が、他の四大小説に比べて、なにかしら根本的に違うのではないかということだ。そう思われてならない。それが何かということが、結局『悪霊』を論ずるという事になると思うのだが、たとえばその感触の違いが何処から来るか。といえば、まずは素朴な印象として、我々読者を深い感情移入に惹きいれる登場人物がいないということがあげられるだろう。おそらくは作中において最も魅力的と思われるスタヴローギンにしても、たしかに魅力的人物ではあるが、ラスコーリニコフ、ムイシュキン公爵、『カラマーゾフの兄弟』の、アリョーシャは言うまでもないことだが、長男ドミートリ、あるいは次男のイワンに比べても、読者を深い共感に惹きいれることのないという点では、異質な人間像として目に映るのだ。

もっともスタヴローギンに惹かれるひとは少なくはないだろう。鷗外はスタヴローギンに興味をもち、レールモントフの『現代の英雄』のペチョーリンにその原型を見ていたが、このペチョーリンにはバイロン風のロマンティックな背光があった。しかし明晰極まりない意識家のスタヴローギンに、そのようなロマン主義的な背光はないというべきだろう。もっともそこに倒錯したロマン主義的英雄を見ることもできる。鷗外が強く惹かれ、その影響のもとに『灰燼』の主人公を創ったのはそのためだったかと思う。

スタヴローギンというこの極北的ニヒリストにも、徹底して自分の理性に一切をかけ、それを持ち続けるという意味では、独特な、変形した、永遠への憧れはあったといえるかもしれない。地下室人の血をもっともよくひく、しかも肉体的には強靭な欲望の持ち主でもあり、その欲望にたいしてさえ極めて明晰な意識を有し、肉体的欲望の蠢動にまでくまなく監視の目を注いでいるので、もはや自然的な欲望の発露などというものは彼のうちでは枯死しているといってもいいだろう。いかなる感情も意志によってコントロールすることが出来る、それどころか最も激しい憤激をも耐えて、平静を保つことの中に独自な生の感触を得るという、倒錯した怪奇な感性のこの男に読者が感情移入することは困難ではないだろうか。

スタヴローギンの頬をシャートフが激しく殴打したときの、スタヴローギンの反応を一種異様な、奇怪なものとして語り手はこう語るのだ。

「彼が頬を撲りつけられて、見苦しくも横様によろめきながら、ほとんど上半身をすっかり傾けてしまったあとで、やっと身体を持ちなおすか持ちなおさないかという瞬間だった。たった今顔の真ん中を撲りつけた、水気でも含んだような拳の音が、まだ室内に消えもやらず漂っているかと思われるその瞬間、彼は両手で不意にシャートフの肩を掴んだ。しかし、それとほとんど同じ瞬間に、また両手を、つと後ろへ引きのけて、背中にしっかり組み合わした。彼は無言のままシャートフを見つめたが、その顔はシャツのように真っ青だった。しかし、不思議にも彼の眸の輝きは、急速に消えてゆくようだった。十秒後、彼の目つきは元の冷静に返って（私は嘘を言っているのではないと確信する）全く穏やかであったが、恐ろしいほど青い顔であった。」

このスタヴローギンの反応の描写から、スタヴローギンにどのような心理的或は感情的ドラマがあったかどうかは謎だ。或はなかったかもしれない。不感無覚という、傲然としたものかもしれない。

今感情移入という観点から、人物を点検しているわけだが、このような傲然たる態度に対して、そこがたまらなく魅力的という読者もいるかもしれない。それはそれでよい。そこには、謎めいたこの人物の持つ特異な幻想性への感動という、感情移入とは別の、憧れというか、或は驚異というか、倒錯したものではあれ、壮大なるものへの畏敬というか、畏怖を伴う賛美といったものによる。ただこれはここにいう感情移入による人物把握とはいうまでもなく、異なるものだ。

スタヴローギンを、真なる内面から理解することは殆ど困難だ。今引用の描写の部分を見ても、この時のスタヴローギンの内面はわからない。読者に与えられる彼の言葉は暗示的であり、或は沈黙であり、断片的であり、多分に謎に満ちている。

読者の感情移入を許すようなものはない。

告白が二つ、チーホン僧正のもとでの告白と、遺書としてダーリヤに与えたものがあるが、この告白を読んでみても、具体的にスタヴローギンを内面から理解するには、ほど遠いような気がする。

チーホンへの告白の中で語られるマトリョーシャ問題にしても、いったいマトリョーシャにたいして、スタヴローギンがどのような感情を抱いているかは不明だ。チーホンも指摘するように、このような小娘を相手にすること自体むしろ滑稽なことであり、そこにスタヴローギンが倒錯したにせよ、実感に根差した性的欲望を感じたかどうかもわからない。さらになぜ彼は、マトリョーシャの縊死を予感しつつ、その死を見届けるような行為に出たのか。

ドストエフスキー自身はその作品の中で、いかに虐げられた少女に対する激しい共苦の念のほとばしりを描き続けたことか。ドストエフスキーのそれまでの作品の中での少女の扱いと、このスタヴローギンにみる少女に対する態度とは全く異なったものだ。

最後に彼自身縊死することになるが、それがマトリョーシャの幻影に憑かれてのことであったにせよ、いったい彼の心の中にマトリョーシャにたいして深い哀憐の情を抱いていたとは想像できない。それは彼がドイツを旅行中、マトリョーシャに似た少女の写真を入手するが、そのままホテルに忘れて、以後思い出すこともなかったというエピソードにも端的に現れている。

哀憐を限りなくかきたてずにはおかない、虐げられたるものへの共苦の感情の欠如、それは足の不自由なマリア・レビャートキナにたいする態度にも現れている。彼女との結婚については、スタヴローギン自身の説明がある。

極端に不釣り合いなものの結合に一種倒錯した快感を抱いたというものだが、レビャートキン兄妹の殺害を命ずるのは、他ならぬ彼だ。こうした人間としての貴重な感情の欠如、それがスタヴローギンだ。

そのような非情な行動の背後にどのような思想が、また心理が、感情が働いているかわからない。しかもスタヴローギンはその卓抜した知性、豊富な体験に基づく世界認識の所有者として、そうした自己認識をもっているはずだが、それも不明だ。

いまは『悪霊』という小説世界の感触の、他の四大小説との違いについてその中心をなす人間像を問題としてきた。登場人物に感情移入するような人物がいないということの、端的な例としてもっとも重要なるべき主人公ニコライ・フセヴォドロヴィッチ・スタヴローギンに就いて述べたのだが、もう一人の主人公ともいうべき、ステパン・トロフィーモヴィッチ・ヴェルホーヴェンスキーについても同じ事が言えるかと思う。

ステパン・トロフィーモヴィッチ・ヴェルホーヴェンスキー

人生のある時期、その学識と進歩的思想によって社会的栄光を浴びたこともあったステパンだが、過去の余光によって生きている初老のこの男、いまはスタヴローギンの母親ヴァルヴァーラ夫人の居候という立場にあって生活をしている。しかし彼にはなにかしら素朴な少年のような純粋さがあって、ドン・キホーテ的滑稽さもときには見せるのだが、しかしドン・キホーテの持つ強い魅力にはかけているといわざるをえない。というのも彼はヴァルヴァーラ夫人のもとでは受動的な生き方、もっぱらヴァルヴァーラ夫人の意志に応ずるようにして生きていたのだ。結末におけるステパンの信仰への復活は深く感動的であるにせよ、やはりその生き方に引き込まれるといった魅力にはかける。

ドン・キホーテの魅力はその理想への無垢な献身にあるが、ステパンにはそのような徹底性は欠けているといわざるを得ないだろう。

キリーロフ、シャートフ

或はキリーロフ、シャートフに傾倒する人は少なくないかもしれない。椎名麟三は特にキリーロフに引かれ、その結果キリスト教の洗礼まで受けて、キリーロフを内面から捉えようと試みたし、また三島由紀夫にキリーロフ的倒錯した殉教思想を見る人もあるかもしれない。あるいは熱血漢のシャートフを愛する人も多いだろう。敢えていえば、シャートフはもっとも読者にとって人間味の通う人物かもしれない。しかし、ここで問題としているのは、人物が魅力的かどうかではなくて、人物がどれほど内面的に読者をひきこむように書かれているかという問題なのだ。

たとえば、『罪と罰』の主人公ラスコーリニコフをとってみても、いかにその内面に就いて豊富にかたられているか、理解されるだろう。『白痴』のムイシュキン公爵、また『未成年』のドルゴルーキー、『カラマーゾフの兄弟』のドミートリ、イワン、アリョーシャの三兄弟についてはいうまでもない。

ひとつには恐らく語りの問題が其処にかかわっているせいかと思う。

『貧しき人々』によってドストエフスキーは当時大御所的存在の批評家ベリンスキーの絶賛を浴びて文学的デビューを果たすが、それは書簡体という語りの力によるところが多分あったのではないか。これは初老の男ジェーヴシキンとその遠い縁戚でいまは寄る辺のない孤独な身の上のヴァーレンカとの往復書簡であり、さらにそこではヴァーレンカの日記という語りもセットされている。この日記のなかで回想されるパクロフスキーという青年とのかかわり、その結核による死を見送るその老いた父親の、息子のお棺を追いかけてゆくいたましい姿は読者の心に強い哀憐の情を喚起するが、それというのも語りがそれらの人物自身の告白であるとか、またそれに寄りそう語りであるかということによるだろう。

さて語りの力が強くなるのは告白体ではないだろうか。

その点ではイギリスのサミュエル・リチャードソン『パミラ』、フランスではジャン・ジャック・ルソー『新エロイーズ物語』から始まって、ゲーテの『若きウェルテルの悩み』を経て、『貧しき人々』に至る小説が書簡体という語りによって強い共感を呼び覚ますのは偶然ではない。これらはいずれも書簡体の小説だ。書簡体は告白のより強化されたものだ。書簡という一種の密室空間の語りは、真実性を高め、また読者はそれを自分への語りとして読むだろう。読者自身秘密を語られたもののように、共苦の情に捉えられるだろう。

『若きウェルテルの悩み』が多くの自殺者を出したことはよく知られている。しかし今問題としているキリーロフに対する傾倒というものは、そのような人物自体に対する傾倒とは言えないものだ。椎名の場合、キリスト教者になってまで、理解しようとするのは逆に言えばキリーロフの人神思想には感情移入を妨げるものがあると云う事の逆証になるだろう。

ではシャートフはどうか。スタヴローギンと姦通して妻の産んだ子供を、自分の子供のように慈しむこの男が果たして感情移入出来る存在かどうか。シャートフの告白などはここにはない。従って、シャートフの苦悩へ至る道は閉ざされている。もっとも、シャートフはスタヴローギンを叩いたことがあった。そこにシャートフの苦悩もうかがえるが、言葉はない。先の引用に見たように、スタヴローギンはそれにたいして、やはり言葉を発することなく、奇怪なことに、殴打を甘受するが、それにたいする反応、いわば灼熱の鉄を握っていて、それを耐えると比喩されているが、その凄まじい意欲は通常なものではない。

以上二人の主人公スタヴローギンとステパンを中心に見て来た。

2　殺人事件の頻発

読者をして、深い感情移入へと導くことの乏しい語りは、この文学空間の戯画性を予測させるが、そのことは殺人事件の多さと関わるものではないか。

というのも、ドストエフスキーのどのような小説をとっても、これほど殺人事件が頻発する作品はない。

『罪と罰』『白痴』『カラマーゾフの兄弟』においてはひとりの人間の殺害をめぐって実に

多くのインクが流されている。というのもその殺人は深く主人公・主人公達の思想、運命と関わるものであり、主人公・主人公達にとっては運命の試金石ともいうべきものになっているからだ。

それにたいして、『悪霊』では、五大小説中もっとも殺人事件が多く、しかもそれらは、いわば冷然と継起する事件として叙述されるにすぎない。

勿論、それらの事件はそれぞれに深い現実に根差したものではあるが、そのような深みにたっての考察はなくて、もっぱら即物的な描写に終始する。事件は客観的に扱われて、そこに解釈もなくこれらの事件は、実は連鎖的に関係しあっているのだが、その連鎖はピョートルという悪霊的存在によって操られている。この点でも他の四大小説とは大きく異なる。それは実はこの文学空間をこの悪霊的存在が牛耳っているという構想自体に基づくものだろう。

3　登場人物の多様性

この小説においては、共時的にロシア社会が、スクヴァーレシニキーという地方都市に縮図化されているといえる。そこでは、上は為政者たる知事から、労働者、さまざまな職業のもの、さらには脱獄囚にまでいたる各階層の人間が登場する。いわばバルザックの人間喜劇を縮約した如き作品といってもいいのではないかという気もされる。バルザックのこの雄大なパノラマ的作品群が当時のフランス社会の壮大な全体像の再現だとすれば、これは当時のロシア社会の戯画化的記録であり、縮図なのだ。

この作品はクロニクルとして読者に提出されているということを、改めて思い起こそう。クロニクルとは年代的記録である。ここから、上に述べて来た人物像の叙述の特徴も理解されるだろう。極力主観を排し、客観的事実に立脚することが要求されるだろう。

語り手アントン・ラヴレンチェヴィッチ・G氏は次のように記している。

それはヴァルヴァーラ夫人のある目論見、それはスタヴローギンとリーザとの関係に関するものだが、その目論見に関わるものだ。

「目論見の全体を織りなしているいっさいの矛盾を先回りして説明するのを見合わせ、ただ単なる物語の記述者として、すべての事件を実際生起したのと同じ形で描き出すに止めておく。」

4　語りの特質とステパンの人間像

ところで、『悪霊』は年代記であり、過ぎ去った事件を第三者たるG氏が語るという、いわば記録なのだ。このG氏はステパンの親友として、彼自身この町で起きた事件、謎に満ちた事件だったが、いまやすべてが明らかになった時点で、その事件の真相を語るというものだ。つまり年代記というものが、事実の、ともあれ記録でなければならない以上そこに主観は原則として許されないはずだ。しかしG氏という記録者は実際に事件に立ち会ったという、いわば当事者でなければ、わからない機微にわたる語りも可能とする特権は持っている。とくにそれが効力を発揮しているのはステパンの描写においてだ。これは親友という特権が十分生かされる語りだからだ。つまりこの小説は年代記という体裁をとっているにせよ、ステパン氏などは、その内面もかなり描かれているといえよう。

しかし、それではステパンという人間像は共苦の感情を読者に喚起するかというと、どうもそうはいえないのだ。というのも、ステパンの人物としての作中の役割のありようにかかわっているからではないか。つまり彼は作中では彼独自の生き方を持っていない。そこにおのれのアイデンティティをかけるといった情熱、或は観念を生きるということはない。ヴァルヴァーラ夫人が彼を作ったというが、彼の運命、或は彼の実生活上に持ち上がる事件は、ヴァルヴァーラ夫人によって導かれ、惹起されたものだ。かつては、彼にも時代をリードする志を持った時代もあった。しかし時代の流れの中で、彼は取り残されてゆく。そしてスタヴローギンの家庭教師としてヴァルヴァーラ夫人の家に入るが、結局は居候として生きており、かつての社会的活躍の余光のなかで自尊心を育てている人間となっている。その彼も一度はヴァルヴァーラ夫人への求愛の衝動にかられたことがあったが、厳しいヴァルヴァーラ夫人の拒絶にあって、それも彼の心底深く隠された情熱となっている。

というわけで、彼の情熱はカルタとシャンパンとポール・ド・コックとトックヴィルだ。トックヴィルはいかにも民衆の民主的解放を願う真摯な読み物に見えるが、しかし彼が楽しむのは一九世紀前半のフランスの風俗をいささか猥雑に、面白おかしく描いたポール・ド・コックだった。これこそひそやかな愛読書だったのだ。

ポール・ド・コックはドストエフスキーの処女作『貧しき人々』にも登場する。ジェーヴシキンはヴァルヴァーラにこんな手紙を書いている。

「ここでは、ポール・ド・コックの書いたある本が引っ張り凧になっていますが、しかしポール・ド・コックはあなたには読ませません、決して、決して！　ポール・ド・コックはあなたには不向きです。なんでも、この小説家は、ペテルブルグの批評家という批評家に、義憤を感じさせているという話です。」

ステパンの運命が動きだすというのも、ヴァルヴァーラ夫人がそういう彼を、社会的にも復帰をさせてやりたいという強固な意志を持ったことによるものである。

5　『悪霊』の真の主人公

以上『悪霊』の文学空間の他の4大小説との感触の差異の大いなることの例を主人公二人において見てきたわけだが、元来作品における主人公は作品全体のプロットの推進力であるはずのものが、この小説ではそういう役割を負っていない。何故かと考えて見ると、じつはこの小説に於いて真の主人公は、人間ではない。ニヒリズムという、否定と破壊の精霊、悪霊ではないかという考えに行き着く。人間の社会に現れた、この暗黒の精霊、この精霊によって人々がいかなる運命をたどるかが、此の小説の主題だとしたら、他の四大小説の世界との感触の差というものの意味が見えて来るのではないか。この悪霊というものの憑依こそこの小説の主題ということは、端的にエピグラフとして引用されたルカ伝の一節がある。そこでは、男に憑依した悪霊の群れ（レギオン）が、そこを脱して豚に憑依し、豚は悪霊もろともに、海に飛び込んでゆくというかたちで、破滅して行く。

ニヒリズムがなぜ悪霊と結びつくのか。それはニヒリズムが神を否定するところになりたつことに由来するだろう。神の否定にはルシフェロ(傲慢さの為に、天上から地獄におとされた)の傲慢が内在する。そこに悪霊が憑依する。

『悪霊』という小説は、ニヒリズムが一般化した時代の、悪霊と人間社会との関係の物語だ。キリーロフの叫ぶ「若し神がないとすれば、現実の世界は悪魔のヴォードヴィルだ」というのは、その端的な表現だ。

ニヒリズムの問題のこのような角度からのドストエフスキーの取り組みは、これが最初ではないということに留意する必要があるだろう。それは『罪と罰』に現れ、『白痴』を経て、『悪霊』において頂点に達するものだ。

第三章 『罪と罰』における悪霊

ラスコーリニコフの犯罪が悪霊によるという表現はどこにも書かれていない。しかし、ラスコーリニコフがやはり悪霊に囚われていたということは、暗示されているのではないか。そう理解しないと、ラスコーリニコフの行動に不可解なところが残る。ラスコーリニコフはその名も示すように分裂した存在だが、ラスコーリニコフは元来極めて人間的な存在だった。それは彼が幼少の頃、父親とともに見た、御者が馬を惨殺する光景に、幼い彼が見せた反応に明らかだろう。彼は激しく殴打される馬に深い哀憐の情を抱く。このような虐げられた存在に対する痛切な同情心はラスコーリニコフの本質的資質なのだ。マルメラードフ一家に対する態度にもそれは現れている。しかし、その彼が、ひとたびその犯罪の実行となると、そこになんらの容赦はない。その人格は一変する。それが端的に現れたのが老いた高利貸アリョーナ・イヴァーノヴナに対して斧を振るうことだが、その際成り行きで妹のリザヴェータ・イヴァーノヴナをも殺害する。彼女に対してもなんら後悔の念を抱いていない。この体の大きい女は,柔和で信心深い女だった。彼女は自分の姉にいいように使われていたという。

後にソーニャの知り合いということが判るが、そうした柔和な女を殺害して、どうしてラスコーリニコフの心は痛まなかったのだろうか。これは不思議なことではないだろうか。

この謎はながいこと僕のこころを占めていたが、それを解く鍵はやはりラスコーリニコフが、その犯行を悪霊の憑依のもとで行ったという理解だ。ひとたび悪霊に憑りつかれるや、善悪の感覚は失せ、それは悪霊の命ずる行為実行の成否に代えられる。「エピローグ1」にそのことが示されている。

『いったいどういうわけで彼らの目には、おれの行為がそれほど醜く思われるのだろうか？』と彼はひとりごちた。『それが悪事だからというのか？　しかし、悪事とは何を意味するのだろう？　おれの良心は穏やかなものだ。もちろん、刑法上の犯罪は行った。もちろん、法の条項が犯されて、血が流されたにちがいない。では法律の条項に照らして、おれの頭をはねるがいい……それでたくさんなのだ！　もちろんそうとすれば、権力を継承したのではなく、みずからそれを掌握した多くの人類の恩恵者は、おのおのその第一歩からして、罰せられなければならなかったはずだ。しかし、それらの人々は自己の歩みを持ちこたえたがゆえに、したがって、彼らは正しいのだ。ところが、おれは持ちこたえられなかった。したがって、おれはこの第一歩をおのれに許す権利がなかったのだ』

ここには彼の流した血に対する慚愧の念、また殺害した相手に対する罪悪感などはないのだ。彼に取って問題は「自分の歩みをもちこたえられるかどうか」なのだ。これがさきに記した、彼の意識が悪霊の命ずる行為の成否に専らかかわっているということだ。

いったいなぜラスコーリニコフは持ちこたえられなかったのか。作者の答えはこうだ。

「彼はまた、こういう思念にも苦しめられた――なぜ自分はあの時自殺しなかったのか？なぜあのとき河のほとりに立ちながら、自首のほうを選んだのか？　いったい、この生きんとする願望の中には、これほどの力がこもっていて、それを征服するのが、そんなに困難だったのであろうか？　あの死を恐れていたスヴィドリガイロフでさえそれを克服したではないか。

彼は悩ましい思いをいだきながら、始終この問いを自分自身に発したが、もうあのとき河のほとりに立ちながら、自分自身の中にも、自分の確信の中にも、深い虚偽を予感していたかもしれないのを、彼は了解することができなかった。またこの予感が、彼の生涯における未来の転機、未来の復活、未来の新しい人生観の先駆だったかもしれないのを、彼は悟ることができなかったのである。」

その自首はソーニャの力による。ラスコーリニコフの深層意識にねむる生命の泉をソーニャの信仰が目覚ましたのだ。実にラスコーリニコフとは、悪霊と生命への渇望の戦場に他ならない。ソーニャこそ、真に打ち砕かれた魂、およそ傲慢とはかけ離れた魂として、ラスコーリニコフの前に現れた存在なのだ。ラスコーリニコフは復活の導き手として、ソーニャを信じたといえるだろう。とはいえ、ラスコーリニコフの真の復活、いわば悪霊の憑依からの解放におもむくというわけには行かない。それはソーニャを全面的にうけいれるということは、彼のアイデンティティの自己否定になるわけだが、それは出来ないことだ。そのアイデンティティとは理性と意志なのだ。ただそこには対象に対して流露する愛はない。冷徹な計算があるだけだ。これが悪霊的理性と意志というべきものだ。

こうしてラスコーリニコフにとって、流刑という空間のなかで、悪霊的理性と生命への渇望の相争う新たな戦場をもつことになる。

「エピローグ2」は、その争闘の最終ラウンドとして、問題は赤裸な形をとって現象する。それはラスコーリニコフが周囲の犯罪者たちと自分との間に横たわっている恐るべき隔絶の発見だ。

「彼はいつともなく、以前夢にも考えて見なかったことに、気が付くようになった。概して何より彼を驚かし始めたのは、彼自身とそれらすべての人々の間に横たわっているかの恐ろしい越えがたい深淵であった。彼と彼らとはまるで違った人種のようだった。彼と彼らは互いに不信と敵意の目で見合っていた。彼はこうした対立の一般的な原因を知ってもいたし、また悟ってもいた。しかし、以前はかつて一度も、この原因が実際、これほど根深く力強いものとは、仮想さえもしたことがなかった。」

対立は深まり、あるときそれは人々の激しい憎しみとして暴発する。

「あるとき何が原因だったのか、彼自身にもわからなかったが――喧嘩が持ち上がった。一同は物凄い勢いで、一度に彼に襲いかかった。」

それは、不信心ものは殺してやらなきゃならないという殺気に満ちたものだった。監獄には革命家の政治犯もいたはずである。一般的にいって、そのような政治犯に民衆が暴力を以て襲いかかるわけでもないだろうと思う。それはラスコーリニコフのうちになにかしら悪霊的なものを、民衆的な本能によって直覚したからではないか。

それはこのときのラスコーリニコフの反応にもうかがわれる。一人の囚人が彼に飛びかかろうとする。

しかし、「彼は眉ひとつ動かしもせず顔面筋肉一本の震えも見せなかった」。幸い看守が飛び込んできて、その場をおさめてくれたが、さもなければ血を見る所だったという。このラスコーリニコフの態度は越えがたい懸隔のいっぽうから、相手をものともせず、見下ろす態度といえる。もし、彼がその暴力に反応したとすれば、そこに相手といわば土俵を同じくする人間的な流露があったといえるが、そこには冷ややかな対応が見られただけだ。これこそラスコーリニコフに憑依した悪霊的精霊のなせる業だったというべきだろうと思う。

こうしてラスコーリニコフの悪霊的憑依からの回復は、人間の世界からの働きかけでは困難だった。先に触れたように、理性と意志という悪霊的憑依による疑似的アイデンティティからの解放は、そのアイデンティティの軽蔑の対象たる人間の世界からくるはずはない。彼自身の心の奥底に抑圧されていた生命への渇望が夢として危機を告げることになるだろう。

ラスコーリニコフは熱病にかかり、大斎期の終わりと復活祭の一週間を病院ですごす。夢を見る。

奇怪な夢だった。

「アジアの奥地からヨーロッパへ向けて進む一種の恐ろしい、かつて聞いたことも見たこともないような伝染病の為に全世界が犠牲に捧げられねばならぬこととなった。いくたりかの、極めて少数の選ばれた人々を除いて人類はことごとく滅びねばならなかった。人間の肉体に食い入る一種の新しい微生物、旋毛虫が現れたのである。

ところが、この生物は、理性と意志とを賦与された精霊だった。で、それにとり憑かれた人々は、たちまち憑き物がしたようになり、発狂するのであった。しかし人間は今までにもさきにも、これらの伝染病患者ほど自分を賢い、不動の真理を把握したもののように考えたことは、かつてないのであった。彼等ほど自分の判決や、学術上の結論や、道徳上の確信や信仰などを、動かすべからざるものと考えたものは、またとためしがないほどである。

人々は、村をあげ、町をあげ、国民全部がこぞって、それに感染し、発狂してゆくのであった。だれもかれも不安のうちに閉ざされて、互いに理解し合うということもなく、めいめい自分ひとりにだけ真理が含まれているように考え、他人を見ては煩悶し、われとわが胸を叩いたり、手をもみしだいたりしながら、泣くのであった。誰をどうさばいていいかもわからなければ、何を悪とし、何を善とすべきかの問題についても意見の一致というものがなかった。また誰を有罪とし、誰を無罪とすべきかも、知らなかった。人々は互いに意味もない憎悪に囚われて、殺し合った。」

こうして無残な相互殺戮がはじまる。軍隊も内部崩壊し、日常や農業は放擲され、ひとびとは集まって対策を論議するが、それ自体が殺し合いに転じてゆく。火災が起こり、飢饉が始まり、疫病はさらに蔓延し、一切が滅びていった。ただ生き延びた四、五人の純な人々は新しい人類の復活をになったひとたちだったが、誰もその姿を見た事はなかった。

ここで人類を破滅に追いやったのが、「理性と意志とを賦与された精霊」とあるところに注目する必要があるだろう。

これに憑かれたひとほど「賢い、不動の真理を把握したもののように考えたものは、またとためしがない」という。人間が「不動の真理を把握」できるはずはないだろう。発狂ということと、そのような考えに憑依されることの関係は明瞭ではないが、それは同時に起るものというべきかと思う。

この奇怪な精霊が悪霊だとは示されていないが、矢張り悪霊と考えるべきではないか。

この「アジアの奥地から」とあるのはどういうことか、示されてはいないが、例えばインドに生を受けた仏陀の唯我独尊などの言葉が、独り歩きして一種悪霊化したということも考えられる。

ラスコーリニコフの見た恐るべき夢はラスコーリニコフに深い衝撃を与えたのだが、それはなぜか。

それは彼の犯罪哲学によるだろう。それは、ケーザルやナポレオンはその偉業達成のために、多くの生命を犠牲にした。つまり殺人者だ。ここからラスコーリニコフは独特な哲学を構築する。ある限られた天才には殺人者である権利が与えられている。この権利はそれをとろうとした人間にあたえられる。しかし人間は、優柔不断のゆえに、敢えてそれをとろうとはしない。しかし、この権利があるという事こそ、真理なのだ。

しかし、これは果たして真理というべきものかどうか。

いうまでもなく、真理であろうはずはない。

ナポレオンがその偉業達成のために多くの人命を犠牲にしたのは、結果にすぎないだろう。ナポレオンが多くの人命を犠牲にしたとしても、それは旧制度からの解放に向けての闘争の結果だった。このいわば通時的に、膨大な時間経過のなかで、形成されるその行為を、一挙に共時的平面に置換して、偉業達成・殺人という二項目に単純化する。

さてそのうえで、この二項目の関係を逆転するとどうなるか。偉業達成といういわば原因が殺人の結果として現象することになるだろう。殺人の結果としての偉業達成。しかし殺人が法的に許されるものではない。そこである許された天才には、殺人の権利を有するという、一種の補助線を引く。こうして、ナポレオンは殺人の権利を持つ天才として把握される。

このようにラスコーリニコフの論理は、原因と結果とを逆転したところに成立したものだ。しかし問題は、彼自身が天才であるかどうか。彼の計算は、彼が天才であるかどうか、実行を通して、試すという決断だった。彼はその理論の命ずるままに、高利貸の年寄りイヴァーノブナを殺害する計画を綿密に建てる。その犯行は万事精密な数字によって企画され、遂行される。しかしこの時点において、彼には悪霊が憑りついたというべきだろう。アリョーナは貪欲な高利貸だが、信心深い。彼の殺人は、燈明の前で行われたのだ。

いわば神への反逆ともいえる、この行為は憑依した悪霊の影響で行われたものとみてよい。一たび悪霊的精霊に憑依されるとなると、この憑依から解放されることは難しい。それは自我の深部に根を下ろすことによって、それは自我を占拠する。それをドストエフスキーはこう述べる。

「旋毛虫のような恐ろしい伝染病で、それは理性と意志とを兼ね備えた微生物」でそれにつかれたものは自分だけは真理を知っているという狂気に憑依されるという。

旋毛虫とは、腸内に潜り込んで、病気を惹き起こす寄生虫だが、患者自身はそれにきづくことはない。自身の体内から発生したものとも思うだろう。この寄生虫を駆除しない限り病気を根絶することはない。それにたとえられた狂気からの解放は、患者自身の力では不可能だろう。いうまでもなく、彼自身の理性また意志自体悪霊化しているからだ。

そこで登場するのが、理性より深い、いわば自我の最深層部を形成する生命衝動といえる。それは本能的に異物を察知し、排除する。ラスコーリニコフが見たのは、まさしく生命本能のメカニズムの描く危機の様相だった。人類は滅び、ある人々だけが生き残るという夢だった。

第四章　拡大流行する悪霊的ニヒリズム

1　奇妙な滑稽さの潜流

『罪と罰』では、ラスコーリニコフにおける悪霊的ニヒリズムにとどまっていたものが、『悪霊』では人々に憑依するのはニヒリズムという否定と破壊の精霊なのだ。いわばこの精霊がペストのように人間集団に襲い掛かる、『悪霊』はその黙示録的終末の様相の物語なのだ。ラスコーリニコフでは理性と意志を持った微生物は、ここではより恐るべき憑依者、否定と破壊の悪魔に成長したのだ。時代の推移に伴うニヒリズムの変化、その人間の魂への浸蝕の深化、拡大を示すものだろう。さらに上述の感触の差異について述べるなら、死者の数の多さだ。それも自殺、他殺という殺伐たる死だ。まさに黙示録的様相、社会の終焉とでもいうべき、切迫した雰囲気に包まれている。しかも、そのような凄惨な悲劇的事件の頻発にもかかわらず、そこには奇妙な滑稽さが全編通じて、底流していることは奇怪なことではないか。このような奇怪な滑稽さはどこからくるか。年代記の記述という文体上の特質から言って、登場人物にたいする感情移入の欠如に結局は起因するかと思うのだが、滑稽さはいたるところに発見されるだろう。

スタヴローギンが恐るべき爪を現わしてひとびとを驚愕させた、鼻をつまむとか、耳を噛むとか、人妻と踊っているさなか、いきなり接吻するとかという突拍子もない出来事は、話者の緊張した筆致にこだわることなく、虚心に見て見れば、なんとも滑稽な仕草ではないか。あのスタヴローギンが老県知事の耳にかみついているという図柄など抱腹絶倒ものではないか。

酔っぱらいの退役軍人レビャートキンなどは、滑稽な道化的存在の最たるものだが、それが歌う油虫の歌などは、滑稽さの極みだ。

社会の倫理的パラダイムはゆらぎ、その崩壊し行くパラダイムの割れ目から、さまざまな笑いを誘うグロテスクが噴出して来る。そこでは自殺も同情をそそる事件というよりは、ひとびとの好奇心をかきたてる珍事となる。

これは文体という点に着目してみれば、バベルの塔の崩壊によって、言語の混乱が始まった如き現象が描かれる。

2　言葉もそこでは混乱し、憑依的な自己主張の言葉が氾濫する

このニヒリズムの伝播してゆく世界では、多彩な言葉が氾濫し、まさにポリフォニックな

混沌の世界へと社会は崩落してゆく。この点でモチューリスキーの『悪霊』での言語技術にかんする指摘は正鵠を射ているというべきだろう。

『悪霊』はこれ以上ないほどの文体上の効果の上に構築されている。登場人物それぞれが自分の文体を持っているので、各人物を比較、対立させることによって、作者は自分の物語の生地の上に複雑な模様を描くことができるのだ。彼らの表現力を強めるために、無色中立の「年代記」という背景が選ばれている。個性を持たない語り手が、議事録風の乾いた文体、精確さで事件を叙述して行く。それぞれの登場人物は、特有の言葉づかい、独特の話しぶりで、この「年代記」に自分自身のことを書き加えて行く。」

こう記した後、具体的にステパン・トロフィーモヴィチは「フランス語とロシア語との混合語、地主らしい抑揚、上品な地口が特徴」であり、キリーロフは「その奇妙な、誤った語法で規定されている。」マリア・チモフェーヴナは、その民衆的、修道女ふうの言いまわしの醸し出す民話的な光で示されている。チーホン主教は、教会スラヴ語的語法の厳格な壮麗さによって、シャートフは予言者の炎のような霊感によって、ピョートル・ヴェルホーヴェンスキーは途切れ途切れで、「ニヒリスト気取りの」、ことさらぞんざいで卑俗な半畳によって示されている。レビャートキンは居酒屋詩人の酔ったあげくの感傷で、シガリョーフは学者用語の魂の抜けた重苦しさによって、スタヴローギンは「人類共通語」の無定形で人工的な性格によって示されている。これらさまざまな言語スタイルとリズムのぶつかり合い、からまり合いが、この小説の文章に複雑な対位法をなしている。」（松下裕、松下恭子訳『評伝ドストエフスキー』、筑摩書房、512ページ）

まさにポリフォニーの世界だが、各自がそれぞれの文体で話すというのは、そこに正常な対話の存立を許すというものではないのではないか。文体の違いには、そこに対話の弁証法を通してより深く相手を理解しようとするには不都合なものがあるのではないだろうか。『罪と罰』のラスコーリニコフとポルフィーリ、あるいはソーニャとの対話のごとき、反論飛び交う激しいやり取りは、『悪霊』の世界には不在だ。対話にはならない対話。それが『悪霊』という小説の対話の特質ではないか。それというのも、それらの声が既成価値の大胆な否定、破壊の観念につかれた激しい自己主張の言葉だからではないか。そこに相手の反応など顧慮する余裕などはない。いわばこうした言葉の群れが雑然と混沌のうちに遊び戯れる時、否定と破壊の霊に囚われた魂の群れの乱舞する万華鏡を覗くとも思われ、そうした妄動する言葉の乱舞に笑いがこみあげて来る。しかもその言葉の乱舞の中から、恐るべき破壊が進んでゆくのを見る時、この文学空間は一体いかなるものかという問いの前に立たざるを得ないだろう。

第五章　『悪霊』的世界の演出者

1　憑依するニヒリズム

この奇妙な滑稽さに満ちた空間が、次第に否定の精霊によって崩落してゆくのは、ニヒリズムが『悪霊』の主人公だということとかかわる。『悪霊』においてドストエフスキーは、ニヒリズムをその極点に於いて捉えた。『悪霊』において主人公はニヒリズムという悪霊に他ならない。『白痴』もまたニヒリズムが主人公とは言えたが、しかしそこではニヒリズムはまだ隠れた主人公だったかと思う。イッポリトを除いてほかの登場人物はニヒリズムに侵食されてはいるものの、なお他の情熱に囚われている。作品中唯一人ニヒリストといえるイッポリトにしてみても、自殺未遂後彼はかなり積極的に彼を取り巻く人間関係の中に入ってゆくのだ。ナスターシャ・フィリッポーヴナとアグラーヤというういわば恋敵同士を対決させる手引きをするのもイッポリトなのだ。というのも、イッポリトの若さは、なおニヒリズムを徹底させるには生命力に富んでいたというべきだろう。

『白痴』においていわば隠れた主人公ニヒリズムが、俄然主人公としてその恐るべき姿を現すのは『悪霊』においてだ。姿だって？ ニヒリズムに姿があるのか？ あるはずはない。ニヒリズムは人間にとりつくものであって、形あるものではあり得ない。やはり一種の精霊というべきもの、否定する精霊、つまり悪霊なのだ。しかし悪霊の恐るべきところは、その憑依の巧みさといえるだろう。悪霊に憑かれ乍ら、悪霊による憑依を疑うどころか否定の力を自身のうちから得たものとして振る舞う。その否定の行使において、懐疑逡巡はない。否定と破壊の精霊はひとたび人間にとりつくや、自己増殖を始める。その前に懐疑逡巡は手もなく退けられるだろう。こうして憑かれたものは、群れをなし、そこに否定のユートピアをつくる。この暗黒の楽園、否定が放恣な姿を取って、観客を楽しませるこの喜劇的世界、そこでは背徳的なもの、醜悪なもの、思い切って野卑下劣なものが、高貴なるものと入れ混じり、妖《あや》しげに人の眼を魅了する。

これこそ悪魔の演出による喜劇的世界というべきものか。

2 『悪霊』における世界戯画化の性質

通常の喜劇が、例えばモリエールの『タルチュフ』、グリボエードフの『知恵の悲しみ』や、あるいはゴーゴリの『検察官』のごとき、人間社会を風刺、批評するのに対して、ここでの風刺性、批評性は極めて皮肉なものになっている。なぜなら、一般的に喜劇が人間の、また人間社会の悪、矛盾、愚かしさにたいするプロテストに、笑いの焦点を合わせるのに対して、否定の精神悪魔の演出するこの喜劇空間では、悪、矛盾、愚かしさ、すなわち社会的に否定されるべきものこそ歓迎すべきものとして演出されるからだ。いうまでもなくそれは、悪魔の奸計であって、その歓迎として現象するものは究極的な破滅への巧みな誘惑にすぎない。しかしそれは自負に満ちた人間には見えない。この悪魔の奸計は、いわゆる麻薬と呼ばれるものの、人間破壊のメカニズムを思い起こしてみるだけで十分だろう。麻薬の人間に与える一種独特な陶酔感、宇宙に無限に飛翔するごとき透明感は、人間破壊のおそるべき陥穽にほかならない。

否定には、人間の自我のもつ権力意志に媚びるものがある。その一切の既成価値を否定する、極端に過激に研ぎ澄まされたのがニヒリズムの精霊だが、それは一挙に憑依された人間を世界支配の幻想的陶酔に惹きいれる。

言い換えれば、『悪霊』ではプロットは二重に仕掛けられている。人間社会において進行するプロットと、それを操る悪魔によって操られるプロットと。理性的にして純粋否定の悪霊に囚われたものの、既成の社会通念に対する嘲笑、罵倒、冷笑、破壊自体が中心的なプロットだが、それを操る悪霊的なるものが、いわば背後に隠されたプロットを構成する。観客を楽しませるのは、その否定の、あるいは嘲笑の鋭い刃で、観客の日常性に馴れ、そこから生まれた倦怠感に特別なリフレッシュメントを浴びせる否定の快楽だ。いわばこれが否定のユートピアであり、否定の楽園というべきものだ。ここには一種グロテスクな感覚も潜む。否定によって、一挙に裸形にされた現実は見慣れない何かだからだろう。

モチューリスキーは『悪霊』に演劇的性格を見ているが、これは悲劇でもないし、また喜劇ともいえないだろう。それではここに見られる演劇的性格をどのようなジャンルに位置付けたらよいだろうか。筆者はそれを民衆演劇ともいうべきヴォードヴィル（vaudeville）と呼びたい。それも「悪魔のヴォードヴィル」というのが最もふさわしいものではないだろうか。

悪魔の演出による否定と破壊が勝利するヴォードヴィル。ヴォードヴィルとは笑いに徹底した軽い喜劇だが、ここでは笑うのは言うまでもなく悪魔だ。悪魔には人間たちが否定と破壊の中で自滅してゆく光景ぐらい、笑いをもたらすものはないだろう。言うまでもなく、そこには神にたいするルサンチマンの感情が渦巻いている。一体なぜ、ある意味では表層的に笑いを作り出し、不倫さえもその種にしてしまう気晴らしのこの通俗的軽喜劇ヴォードヴィルが、悪魔によって利用されることになるのか。ここには皮肉を愛する、悪魔の逆説的意志がある。ニヒリズムとは、その悪魔の逆接的意志の現れに他ならないのだ。この現れの畏怖的な本質に触れた時、その逆説的意志は「悪魔のヴォードヴィル」という表現になって現れるだろう。

――実はこの表現はキリーロフが自殺直前ピョートルに語った言葉なのだ。

3　なぜヴォードヴィルか

V・ザハロフの『ドストエフスキー　美学・詩学要覧』（チェリャービンスク、メタル、一九九七）をぱらぱらめくっていたら、「モチーフとしてのヴォードヴィル」という項目に出会った。ザハロフはロシアにおけるヴォードヴィルの展開について述べたあと、ドストエフスキーの文学においてヴォードヴィルがモチーフとして使われた作品をいろいろ挙げている。「他人の妻とベッドの下の夫」『伯父さまの夢』『スチェパンチコーヴォ村とその住人』などだが、興味深いことには、『悪霊』で、自殺直前キリーロフがピョートルに言った言葉、世界は「悪魔のヴォードヴィル」という表現に注目していることだ。

キリーロフはここで何故ヴォードヴィルという言葉を使ったのか。ちなみにこのキリーロフのヴォードヴィルという表現を邦訳ではどう訳しているか。米川正夫訳では喜劇、江川卓訳は茶番劇となっているが、やはり小沼文彦訳のようにヴォードヴィルと訳すべきかと思う。「悪魔の喜劇」でも十分わかる。しかし元来喜劇は人間社会の愚劣・欠陥に対して鋭い批評をもって挑むものである以上、それは根本的にはポジティブに世界を描こうとするものだろう。しかし悪魔という否定の霊にとって、そのような高度の意味に於ける倫理性などは問題になるはずもない。いうまでもなく悪魔にとっては、人間社会の愚劣・欠陥こそ人間破壊のこよなき手掛かりであり、足掛かりなのだ。むしろその愚劣・欠陥をこそ逆に賛美することを通して、いっそうそれを拡大し、終局的には破壊へと導くことこそ、その狡猾極まりない戦略なのだ。この悪魔の戦略にふさわしい喜劇の様式こそヴォードヴィルといえるのではないか。だからこそキリーロフは自殺直前この表現によって、もし紙が存在しないとしたら世界が悪魔によって手玉に取られているという憤激を口走ったのだ。

4　キリーロフはなぜこのような表現をとったのか

このキリーロフの最終的な世界認識は、それまでのキリーロフの世界認識の総括といってもよいだろう。『悪霊』のなかのニヒリスト群像のなかで、ニヒリズムともっとも理論的に積極的に対峙したのはキリーロフだろう。いまここに、という永世願望によって、死を超える人神の観念を生み出し、絶対的な自由と善悪の彼岸に立つ、独特な超越思想を創造したのがキリーロフだった。彼はそれまでニヒリストたちとはつかず離れずの関係だったが、しかしピョートルには激しい嫌悪を抱いていた。キリーロフは、ピョートルの悪霊性をもっとも感知していた人間だったろう。

キリーロフがこの表現を、使ったのは、シャートフ殺害のあと、ピョートルがキリーロフのもとを訪れ、キリーロフに一切の責任を負うという遺書を書く約束の実行を迫ったときだ。キリーロフはなかなかピョートルの期待に応じようとはしない。しかし、ピョートルの巧みな誘導に、つぎのようなアネクドートを語り出す。

ゴルゴダの丘でキリストは磔刑される。キリストが死後、共に処刑された死刑囚の一人を連れて、死後の世界を探してゆくが、あるはずの世界を結局見出せなかったというものだが、そこからキリーロフはキリストがもし死後の世界を発見できなかったとすれば、この地球という遊星の法則は、「悪魔のヴォードヴィル」だと一種熱狂のうちに叫ぶのだ。

キリーロフはニヒリスト群像のなかでもキリストを深く愛し、子供とマリをもって遊ぶ純潔な人柄の技術者だ。イコンにロウソクを捧げたりしている。その彼は、仲間のニヒリストの醜悪なのに嫌悪をいだいていたにちがいない。ピョートルのこの最後の訪問の時に、シャートフの暗殺を彼は知った。キリーロフはシャートフとの関係は長く深く、その人柄の重厚にして絶対を求めることの熱烈なることを最もよく知っていた人間だった。彼の魂に近しい人間の暗殺は彼の容認できるはずのものではなかったろう。ピョートルの依頼はその彼がシャートフ殺害の責任を負うという、極めて皮肉なものだった。彼はそこに悪魔の嘲笑をかんじたのではないか。そこから彼の常日頃考えて来た、アネクドートをここでもち出したのだ。彼にはニヒリズムこそが悪魔の人間支配のあらわれと感知したのではないか。彼が人神思想を打ち出したのも、その悪魔の嘲弄を超えんとする強い意志からだったにちがいない。親友のシャートフ殺害によって、ますます悪霊の跳梁に憤激した彼は、シャートフ殺害にかかわったニヒリスト達を、いわば悪霊に操られるものとして捉える「悪魔のヴォードヴィル」という表現によって断罪したといってよい。

これは『マクベス』で主人公が夫人の狂死を知って、「人生は騒音と狂想に満ちた舞台」とさけんだマクベスの世界認識を思い起こさせるだろう。『マクベス』もまた悪霊ともいえる魔女によって翻弄された二重構造の劇だった。実はこのような構造自体、『悪霊』のエピグラフの暗示するところでもあったし、さらにそれはステパンの放浪最後の告白によって、確認されたものでもあったのだ。ステパンのいうところを聞こう。

ステパンは聖書売りの女でステパンの最期を看取る聖書売りの女ソフィアに、ルカ伝の一節（第八章第三十二節―三十七節）を読んでもらう。これは今も述べたように『悪霊』のエピグラフに使われたものだ。

そこでは悪霊に憑かれた人間に対して主が悪霊に出てゆくよう命じる。憑かれた人は主に苦しみを訴える。悪霊は主に豚の群れ（レギオン）に入ってよいかと訴え、豚の中にはいる。悪霊が豚の群れに入ると、豚の群れは走り出し、そこの湖の中に飛び込んで溺れるという話だ。ステパンはソフィアのその条を読むのを聞き、「並々ならぬ興奮の体」でいった。

「この驚嘆すべき……非凡な一章は、私にとって一生の間、dans ce livre（この本における）つまずきの石だった……だから、私はもう子供の時分から、ここのところを覚え込んでいましたよ。ところが今ある一つの思想が une comparaison（ひとつの比喩）が浮かんできました。いま私の頭には恐ろしくたくさんな思想が浮かんでくるのです。ねえこれはちょうど我がロシアの国そのままです。この病める者から出て豚に入った悪鬼どもは、何百年の間、わが偉大にして愛すべき病人、すなわちわがロシアに積もり積もったありとあらゆる疫病です、黴菌です、不潔物です。ありとあらゆる悪鬼です、悪鬼の子です！　Oui cette Russie que j'aimais toujours（そうです、これは私の常に愛していたロシアです）しかし、偉大な思想、偉大な意志はちょうどその憑かれた男と同じようにわがロシアをも高みから照らすに相違ない。すると、この悪鬼や悪鬼の子や、上皮に膿を持ったあらゆる不潔物は、すっかり外へ追い出されてしまって、……豚の中へ入らしてくれと、自分の方から願うのです。いや、ことによったら、もう入ってしまったかもしれません！それはつまりわれわれです。われわれと、そしてあの連中です。ペトルーシャ（ステパンの子ピョートル、もっとも悪霊的な存在）もそうです、et les autres avec lui（彼に従う他の連中もそうです）あるいは私なぞその親玉かも知れない。私たちはみんな悪鬼に憑かれて、狂いまわりながら崖から海へ飛び込んで、おぼれ死んでしまうのです。それがわれわれの運命なのです。われわれはそれくらいの役にしか立たない人間ですからね。しかし、病人は癒されて、『イエスの足もとにすわる』でしょう。そして、人々は驚きの目をもって、彼を眺めるに相違ありません……」

ステパンのこの最後の告白は、『悪霊』の思想の最終的総括といってよいかと思う。そこでステパンが「私はその親玉かもしれない」といっていることはルカ伝の一節を光として、過去における悪霊の憑依によって踊らされてきたロシアというものへの覚醒の言葉だった。先のキリーロフの言葉「悪魔のヴォードヴィル」は、このステパンの告白によってより大きく、深いレベルにおいて立証されたといえよう。

5 「悪魔のヴォードヴィル」演出者の執念

しかしこのヴォードヴィルの演出者はどうしてどうしてキリーロフのそのような暴露攻撃にもひるむものではない。それは、「ヨブ記」において、最初の悪魔による試練でヨブが財産一切を失ったとき、ヨブは神を呪うことなく、逆に神を称えるが、サタンは神にさらにヨブにたいして肉体的試練、象皮病を下す許しを求めるのだ。

『悪霊』においても、悪霊的画策者ピョートル、このヴォードヴィルの演出者である彼はシャートフ暗殺の犯行者は自分だとする遺書をキリーロフに書かせようとして、自分の陥穽には落ちないキリーロフを巧みに誘導し、事件の責任を一身に背負うという遺書を書かせることに成功する。キーリーロフの自殺に至る描写は息詰まる凄絶なものだ。その場面は、緊張感漲る数ページだが、ピョートルはキリーロフに人神論を巧みに語らせ、恐るべき気分の昂揚と興奮の中で、見事書かせることに成功する。

世界を「悪魔のヴォードヴィル」と捉えた認識者キリーロフが、そのヴォードヴィルの、悪魔によって操られる出演者の一人であることを認めるはずはない。しかし、ピョートルという骨がらみの悪霊的人間の巧妙な誘惑術に陥ったというべきか。キリーロフの人神論とは一切をよしとして、現実世界の善悪を超えさせるものだろう。この誠実で純潔なキリーロフにして、このように自分の自我主義のもっとも高い、誇るべき極点を逆手にとられて、まんまとしてやられる。しかし最後の自殺実行の場面はなお恐ろしく、しかも滑稽な場面だ。キリーロフは薄暗がりの中近づいてきたピョートルの指にかみつくのだ。ここにキリーロフの最後の抗議があったとみていい。

6　ピョートルとスタヴローギン

ピョートルはスタヴローギンをも取り込もうとする。スタヴローギンは勿論応ずるはずもないのだが、しかし彼の下意識には、ピョートルに応ずるところがある。スタヴローギンの道化的部分というか、その醜悪な一面、それはリーザが、或はあの脚の悪いユローディヴァヤのマリアが感知していたものだが、ピョートルはそれを現実化する。ちょうどメフィストーフェレスがファウストに仕えるように、しかしそれはスタヴローギンをある時点が来れば逆に支配しようという狡猾な計算からのものにほかならない。

ピョートルこそこの否定と破壊の霊に憑かれた人間集団のなかでももっとも悪霊的人間だ。かれはいわばメフィストーフェレス、それは彼の外貌からもうかがわれるものだ。ドストエフスキーはこの道化的悪魔を、ほとんどすぐ悪魔を連想させるといっていい露骨な描写で飾った。これは当時のニヒリストたちの誰とも似ていない。一般的にはピョートルを、かの有名なネチャーエフのモデルとしてとらえ、実在のこの過激な革命家との比較において論じられているが、この『悪霊』という徹底的に戯画化された文学空間の人物を、実在の人物と比較してそこから何が出て来るのだろうか。それより、この人物像が如何に描かれているかに留意した方がよい。

それは二十七歳ぐらいの若者で、中背より少し高く、かなり長い髪はうすく白っぽい、口ひげ、頬髯はちょぼちょぼ、身のこなしはさばけていて、変人のように見えるが噂ではその言動は作法に適っていて、話ぶりもその場にあっている。外貌は「後頭が少し長めになって、まるで両脇から押し潰されたような具合なので、顔までが妙にとがって見えた。」（米川正夫訳）

語り手は、一見したときの印象と実際の所との差異に注目している。病気からの回復期にあるような印象だが、病気などしたことはない。やたらに動き回るが、急いでいるわけではない。どんな状況のもとに置かれても平然としている。非常に自己満足の性質を持っているが、自分では気が付かない。早口で自信に富んでいて、言いよどむなんてことはない。思想は明瞭で、さっぱりしている。発音は驚くばかり明晰、ふるい分けられて、いつでも役に立つように用意してある。綺麗にそろった大振りな豆粒の様に言葉はまき散らされる。初めは気に入るが、嫌気がさしてくる。というのも、ちゃんと用意の出来た南京玉のような言葉が鼻についてくる、と描写されている。

「非常に自己満足の性質を持っているが気が付かない」は悪霊的特質といえよう。『ファウスト』でのメフィストーフェレスを考えて見れば判る。この悪魔はファウストの誘惑に成功する、従って神との賭けに勝利することに絶大の自信があるのだ。しかしそれは所詮自己満足で、賭けにおいて神はファウストを救済することになる。悪魔は賭けにおいて敗北する。悪魔の自信とは結局は、自己満足に他ならないのだ。その言葉の特質も、その自己満足と見合っている。彼の言葉は一方的に発言され、極めて柔軟性に富み、臨機応変しかも自分の意志を貫徹させるべく、常に準備されている。その驚くべき流暢さは、逡巡懐疑をいささかも有しないがためだ。またそれによって相手をたくみに幻惑することに効果的だからだ。この小説世界の登場人物とこのピョートルとの間に真の対話はない。

ピョートルはこのロシアの『ファウスト』劇においてメフィストーフェレスとして黒い戦略をもって他のニヒリスト群像を支配しようとするものだ。究極的にはスタヴローギンを支配の帝王に祭り上げることによって、逆に彼を支配することを目論んでいる恐るべき策略家なのだ。

『悪霊』第二編八の「イヴァン王子」の章でピョートルが打ち明けるのは、そのスタヴローギン支配の巧妙な策略だ。ピョートルは金を請求しようとして、それを拒否し出て行ったスタヴローギンを追って、地面に叩きつけられるが、また追う。仲直りをしようと立ち上がったとき、ピョートルの顔は一変、それは祈るような、哀願するような顔に変わっていたというのだ。一体なんだって僕が君にとって必要なのかと聞くスタヴローギンにピョートルの描いて見せる未来像は恐るべきものだ。

それは新しい混乱時代を現出するというものだ。

ピョートルはいう。シガリョーフ主義は賛成だが、宝石屋の店に飾るべきものだ、理想だ、僕はある偶像を愛する、それが君ニコライだ、君は恐ろしいアリストクラートだ、人間の命を犠牲にすることなど平気だ、君は指揮官であり太陽だ、僕は第一歩を考え出した、初に混乱時代を現出する、人民の只中に没入する、そして彼は混乱時代創出の策略を口走る。

「実のところ、僕は策士なんですよ。社会主義者じゃありません、はは！ねえ、ぼくはそういう連中を、すっかり勘定して見ましたよ。子供らといっしょになって、かれらの神や揺籃を笑う教師、これはもうこっちのものです。殺された者より殺した者のほうがより多く発達している。また金を獲るため殺人を犯さざるをえなかったのだ、などといって教養ある犯人を弁護する弁護士、これも確かにこっちのものです。実際の感覚を経験するために百姓を殺す学生もこっちのものです。なんでもかでも犯人を釈放しようとする陪審員、これもまったくこっちのものです。自分の自由主義がまだ不十分ではないかと、法廷でびくびくしている検事も、同様こっちのもの、ええ、こっちのものですとも。そのほか、行政官吏、文学者、なあに仲間はたくさんあります。うんとたくさんあります。しかも、そういう連中は、自分でもそのことを知らないのです。また別の方面からいうと、学生や馬鹿どもの従順さ加減は、もう極度に達しました。教師連中は胆汁の入った袋を押し潰されてしまったのです。いたるところ名誉心が方図もなく発達して、野獣のような貪欲心のさかんなこと、今までかつて聞いたこともないくらいです……ねえ、ぼくらがほんの出来合いの思想で、どのくらい成功をかちうるか、きみはとてもわからないでしょう？　ぼくが立った頃には、リトレエの、犯罪は精神錯乱なりというテーゼが猖獗を極めていたが、こんど帰って来て見ると、もう犯罪は精神錯乱どころか、最も健全な常識なんです、ほとんど義務です、少なくとも潔白な反抗です。『だって、発達した人間じゃないか、もし金が必要だったら、どうして人を殺さずにいられるものか！』というふうですからね。しかし、これなんぞはまだ生やさしいほうなんです。ロシアの神も安ウォートカの前にはもう尻ごみしていますよ。（中略）われわれは破壊を宣伝するのです……それはなぜ？　というやつが、また実に魅力に富んだ問いでね！　が、それにしても、少々小手だめししておかなけりゃ、こいつは必要ですよ。われわれはまず火事を道具に使います……伝説を道具に使います……こうなると、どんなやくざな集団でも役に立ちますすよ。ぼくはあなたにこういう集団の中から、いかなる砲火の中にも突進して行って、しかもそれを光栄とし、いつまでも感謝するような、殊勝な人間をさがし出してあげます。まあ、こうして混乱時代が始まるんです！　この世界がかつて見たこともないような、大動揺が始まるんです……ロシアは一面濛気にとざされ、大地は古い神を慕うて号泣する……さあ、そこである人物を登場さすのです…だれだと思います？」

それはイヴァン皇子、伝説的な皇子こそ、あなただといってピョートルはスタヴローギンを深い驚愕のなかに陥れる。そして明日にでも金はもらわずにマリア・レヴャートキナのかたをつける、リーザを連れてゆく、僕等のアメリカになってくれますね、三日猶予を与えますといってピョートルは立ち去る。

このピョートルの表明こそ、もっともよくその悪霊性を示したものだろう。

なお前述にリトレとあるのは、フランスの有名な言語学者Littré（一八〇一―一八八一）のことだが、「犯罪は精神錯乱」というテーゼはベルギーの数学者かつ統計学者Quetelet（一七九六―一八七四）のものだという。

第六章　ヴォードヴィルとは何か

ところでここでヴォードヴィルについて簡単に紹介しておこう。

一九六二年モスクワのソヴィエト百科全書社刊の『文学小百科事典』第一巻の当該項目ではまずヴォードヴィルを「演劇の一種、面白い奸策とか、アネクドート的テーマによってなされる対話、あるいは事件が、音楽的、歌謡的な詩の対句を伴って演ぜられる軽い喜劇」と定義してから、そのフランス十五世紀での発祥、フランスでの推移、ヴォードヴィルの劇としてのジャンルの確立、フランス革命を経てのジャンルとしての変遷、やがて一八三〇年代から一八五〇年代にかけて絶頂期を迎え、欧羅巴にも広がってゆくが、それは一九世紀後半にはオペレッタに押されて、凋落してゆくという。ロシアに関しては、ヴォードヴィルは一九世紀最初の十年代に、十八世紀オペラからナショナルな、歴史的な、現代的なテーマを取り入れて入ってきた。当時のヴォードヴィル作家としてシャホスキー、グリボエドフ、フメルニツキー、およびその作品が紹介されている。デカブリストの潰滅（一八二五）後、政府はヴォードヴィルを奨励した。社会問題から関心をそらすためだ。空疎なヴォードヴィルの氾濫に、ゴーゴリ、ベリンスキーは批判的だった。ただベリンスキーはジャンルとしてロシア的発展を期待していた。

進歩的社会思想の発達とともに、ヴォードヴィルは民主的傾向を持つようになる。コーニ、ソログープ、グリゴーリエフ、カラトゥイギン、フョードロフ、レンスキー、および彼らの作品が挙げられている。一八三〇―一八四〇年代には、現代社会の醜悪面を風刺暴露したヴォードヴィルが出て来る。そこでは地主、商人、反動的ジャーナリストを保護する貴族的メセナ（芸術・文化の庇護）、官吏などがやり玉に挙げられている。四〇年代には自然派の影響のもとに笑いよりは、同情をかきたてるものになっていった。そこには若き日のネクラーソフもいた。しかし現実的風俗劇に近接してゆくことで、ヴォードヴィルはジャンルとしての特質を失って行き、十九世紀後半には消失してゆくことになる。ただチェーホフひとりこの喜劇形式に関心を寄せ、いくつかの一幕物のヴォードヴィルを書いた。「熊」「プロポーズ」「披露宴」「タバコの害について」「創立記念祭」で、そこでヴォードヴィルの特徴が示されている。「逆説性、事件の急激な進行、大団円の意外性」というものだ。

なおこれは余談だが、ヴォードヴィルの本家たるフランスで、もっとも人気を集めたのが、スクリーブ（Scrive）、ラビッシュ（Labiche）という作家だ。今回ラビッシュの代表作の一つ「人妻と伊太利の麦藁帽子」（原題 Un chapeau de paille d'Italie）というのを翻譯（梅田晴夫訳、世界文學社、一九四八）で読んでみた。いや、なんとも馬鹿馬鹿しいものだが、笑わせることは笑わせる。そしてところどころ歌謡が入って気分を転換させる。猥雑さもオーケイ。フランス語の瀟洒な、繊細な、機知にとんだ表現とはよくマッチするのがこの軽喜劇なのだが、亭主を寝とる女たちをめぐって、しっちゃかめっちゃかの人間関係が常に予想を超えて、思わぬ結末に終わるというのがヴォードヴィルのポエティカ（創作方法）といえるかとおもう。勿論ここでは夫をコキュにするということをあげつらうなどというのは野暮の骨頂だ。これはロシア的な純朴なこころには向かないと思われそうだが、意外にロシアにもこれが入ってきて、多くの作家によって書かれ上演されたということについては、文学小百科辞典によって既に述べた。

第七章　ドストエフスキーとヴォードヴィル

1　「他人の妻とベッドの下の夫」

ところでドストエフスキーには早くからヴォードヴィルへの関心はあった。のみならず、それを作品化してきてもいる。それはザハロフもいうように、一連の初期作品に現れている。ペトロパヴロフスキー要塞監獄に収監されていたとき書いたという「小さな英雄」の中でも、ある邸の家庭演劇で、そこの主人がスクリーブの劇の主役を演じたという件が出て来る。このフランスの代表的なヴォードヴィル作家は一八四〇年代にはロシアに紹介され、人気を博していたという。つまりかなりはやくから、ドストエフスキーはフランスのこうした軽喜劇にも親しんでいたのだ。

『死の家の記録』では、囚人たちはクリスマスに自分たちの手によって芝居をやることを許される。

第一部の最終章におかれた「芝居」と題されたこの章は、この記録の中でも最も美しいものではないだろうか。暗い日常のなかで囚人らが場所の設定から出し物の設定まで苦心して設営するこの章はいわば、演出者も観客も囚人ながら、童心に帰ってこの貴重な祭りのひと時を楽しむのだ。そこで演じられるのが『フィラートカとミローシカ』という当時流行りのヴォードヴィルだった。

いまドストエフスキーが書いたヴォードヴィルのうちの一つ、映画にもなっている「他人の妻とベッドの下の夫」をとってみようか。

これは寝とられ男が、その現場を捕らえようと見張っている。そこにひとりの青年が現れる。同じように何かしら見張っている気配。寝とられ男は、妻が入り込んでいると錯覚してある家に突入するが、これは実は他人の家の閨房だった。そこに夫の声がする。見知らぬ細君は寝とられ男をベッドの下に隠す。ところが、そこに先客がいたというわけだ。やがて夫が、入って来る。犬がベッドの下の男に吠え掛かる。とどのつまり、寝とられ男は、隙を見て表へ脱出するのだが、先の青年がそこに立っているのに会う。じつは寝とられ男の細君の合図を待っているというものだった。

なんとも馬鹿馬鹿しい話で、あの美しい『白夜』の全く正反対に位置するような作品といえるだろう。ここでは、姦通という背徳的行為が笑いの対象になっているわけだ。つまり、ここでは寝とられた夫の苦しみなどは棚上げされて、まんまと妻を他の男に寝とられた夫の愚かしさに焦点があてられる。それは同時に、妻とその仇し男がいかに夫を騙すかの工夫、そこで飛び交う機知を楽しむことでもある。つまり、ここでは苦悩とか懐疑はない。あったとしても、笑いを強化し、より面白く味付けするものとして扱われるに過ぎない。ここで地下室の主人公がヴォードヴィルについて述べていることを想い出すことも無駄ではないだろう。

「苦痛というやつは、たとえば、ヴォードヴィルなどにはご採用にならない。それはわたしも承知している。」（米川正夫訳『地下生活者の手記』Ⅰ―9）これは水晶宮では全く苦痛や懐疑は許されないということを言いだすいわば前座に発言されたものだが、これはヴォードヴィルにたいするドストエフスキーの見解を端的に現わしたものだろう。

しかし既にふれておいたように、他者の苦悩を共にするという、いわゆる共苦の情に深く浸透された愛を説くドストエフスキーにして、このようなアンティポード（対極）があるとは、不可解という人もあるかもしれない。しかし、そこにドストエフスキーの世界の巨大性があるというべきだろう。言い換えれば、この『他人の妻とベッドの下の夫』という様な作品は、中世の狐物語、或はルネッサンスの『デカメロン』の世界を連想させる。

そういえば、バルザックにも『コント・ドロラティック（Contes Drolatiques）風流滑稽譚』というのがあった。

『貧しき人々』でジェーヴシキンがどうやらひそかに楽しんでいるらしいフランス一九世

紀の人気作家ポール・ド・コック（Paul de Kock）などでは、そうした不倫こそその大衆魅了のポエチカのモチーフなのだ。狐物語に関していえば、ドストエフスキーの一歳上の兄ミハイル・ミハイロヴィッチ・ドストエフスキーがゲーテの『ライネッケ・フックス』を翻訳していることを、思い出すだけで十分だろう。これは中世フランスで流行した『狐物語(Roman de Renart)』のゲーテ版だ。なおゲーテが、この中世狐の狡知を、『ファウスト』のメフィストーフェレスとして偉大な形象へと発展させたことはよく知られている。

これらの作品の主人公は機知の権化というべきものだ。それは不倫を達成するために、騙すべき相手の弱点をつかんで、臨機応変に奸策を遂行するのだ。そこに相手に対する共苦とか同情などは不要だ。それは一種遊びの空間として、閉ざされた、自足した空間だといえる。ドストエフスキーはシベリアからペテルブルグに戻り、作家活動を始めるが、その出発点というべき作品がいずれもヴォードヴィルをモチーフとして内包していることは面白いことだ。

2 『伯父さまの夢』

『伯父さまの夢』は「大いそぎで小説に作り変えられたヴォードヴィルである。」とモチュールスキイは書いている。

「モルダーソフ市年代記より」の副題はこの小説の語りの特質を示しているものだろう。語り手がいて、それがこのモルダーソフという地方都市を舞台にした記録を記すという点で、『悪霊』と共通する。これはことに注意する必要があるだろう。なおモルダーソフはモールダ（何ともまずい面）というロシア語から来ている。これは登場人物がいずれもモールダと云うのではなくて、その滑稽な仮面性の表現だろう。

主人公はKという老公爵だが、彼自身この地方の勢力家マリアの邸に転がり込んできて滞在している。その財産目当てに、マリアが自分の娘ジーナをこの老公爵と結婚させようという策略をめぐらす。そこに公爵の甥という青年があらわれて、ジーナに言い寄る。このような状況のなかで、マリアが自分の策略をいかに貫徹させるか、ジェズイットばりの弁論を駆使するところが実に面白い。

老公爵は、過去の威光と、膨大な財産を継いでいる点でマリアに狙われたのだが、甚だしい高齢を、恐ろしく人為的な技巧で覆い隠して、若さを演出している、なんともグロテスクな存在だ。しかも彼は、精神的にはかなり呆けていて、ぼんやりした記憶の中に生きている人物で、ただ女性の美しさにはなお心を奪われるという貴族的欲望の持ち主だが、反面実に他人を容易に信用する、無垢な人間なのだ。しかし彼は莫大な資産の持ち主だ。こうしてこの小説はこの善良なる、他人を疑う事のない人間の、その財産をめぐって、公爵の義理の娘マリアが才知の限りを尽くして公爵を自分の娘ジーナと結婚させようという策略によって、そのプロットが構成されている。そのようなプロットを押し進めてゆくのがこの女性のジェズイットばりの論理だ。それは何が何でもその意志を貫徹させずには止まないという不屈の意志から出て来る論理であり、詭弁の連続なのだ。

米川正夫はそこに『カラマーゾフの兄弟』の大審問官の源を見ているくらいのものだが、要するところこの女性の意志こそがこの閉鎖された空間を真に支配する意志といえるだろう。

そこに公爵の自称甥なるものが現れて、これがジーナに惚れ込み、夫人の策略を妨害するわけだが、その妨害も何のその、マリア夫人はその驚くべき狡猾な弁論で乗りこえる。しかし最後の所で公爵の突然の死によって万事が一挙に崩壊する。甥と名乗った男も実は詐欺漢で青年はそこを逃れてゆき、彼はこの閉鎖された空間を遠く離れて健康になり、自由になって終わる。地下室の主人公がいうように、ここには苦痛などと云うものはない。この「健康になり、自由になる」というところが、『悪霊』での悪霊的憑依からの解放を先触れしているようにも見える。いうまでもなく、ここでは憑依とはマリアに憑りついた意志の鞏固さというものだろう。

老侯爵が死んだことで、マリア夫人の策略は水泡に帰すという点では、ヴォードヴィルの原則に背くようにも思われるが、恐るべき技巧によって若造りするこの人物はなにかしら人形芝居のマリオネットにも見えて来る。このような人物に悲劇性はないといっていいだろう。このマリオネット的人物に策略をしかけ、それによってマリアの策略自体も崩壊するところに、この小説のヴォードヴィル的性格があるのではないか。

興味深いことはこの老侯爵がかつてヴォードヴィルを作ったことがあるという事だ。このことがこの知能的にはなにかしら茫漠とした、さだかならぬ男の記憶のなかに残り、ヴォードヴィル作成の思い出だけは心になお煌めいているといえるのだろう。ヴォードヴィルは常識を常に外した荒唐無稽なプロットを持つが、そのひとつに年齢の極度に離れた男に若い美女を結び付けようという、画策がある。この小説でも夫人が養女を老侯爵に結びつけようと、その狡知の極を尽くす。そこが見どころなのだが、老公爵のこころのなかに養女に対する愛が目覚めるというのも、かつてのヴォードヴィル制作の思いがよみがえってきたからだろう。いいかえると、この作品はヴォードヴィルの作者が、いつの間にかその世界に入り込んだという話だといってもいいかもしれない。

なお『悪霊』においてステパン・ヴェルホーヴェンスキーと、年齢に於いて遥かに若いダーシャと結び付けようというヴァルヴァーラ夫人の策略もこのプロットの応用とはいえまいか。

3　『スチェパンチコーヴォ村とその住人』

『スチェパンチコーヴォ村とその住人』だが、そこではフォマー・オピースキンとロスタネフ大佐の間で行われる愛の取引を主題とする。

オピースキンは居候だが、女性たちの盲目的な敬愛をほしいままにしている。ロスタネフは実に無垢の謙抑な性格で、オピースキンをこれまた敬愛している。一家はこのオピースキンの絶対的な支配のもとにおかれているが、この男一種の道化、しかも支配する道化なのだ。ムイシュキン公爵の前身ともいえるロスタネフ大佐は実は、家庭教師のナターリヤを愛しているのだが、オピースキンを始め女性たちは金銭的な打算から、タチヤーナという女性をロスタネフに押し付けようとしている。ところでこのタチヤーナは、現実離れして幻想を追いかけ回すという狂女なのだ。というのも、突然叔父の莫大な遺産が転げ込んだため、頭がおかしくなったというものだ。しかし既に述べたように、計算づくからこの女をロスタネフ大佐に結びつけようというのが一家の女たちの計画なのだ。

ロスタネフは、その謙抑な性格から、この計画を受け入れるつもりでいる。彼はそこで甥を呼び寄せて、ナターリヤと結婚させようとする。問題はこの甥の到着から始まる。

よそ者としてこの閉鎖的空間に入ってきた甥は、万事が逆転しているその空間を精神病院かと思う。やがてその奇怪な人間関係の背後に隠れている真実を感知して、ロスタネフ大佐の心を覚醒へと導く。

結末は、ロスタネフ大佐がナターリヤを愛していたということに気づき、オピースキンと激しく争い、その人柄からは想像できない暴力をオピースキンに振う。そこでオピースキンは憤然としてそこを飛び出して、たち去るふりをするが、それは虚栄心のとったポーズにすぎず、結局戻って来る。ロスタネフ大佐も戻ってきたオピースキンを迎え入れる。そして、改めて自分とナターリヤの結婚の承諾をこわごわ求める。所が、予想とは全く反対にオピースキンはその結婚を祝福してめでたし、めでたしで終わる。

そのように、そこでは万事が倒錯していたのだ。そういう中で予想外の出来事がおこり、予想外の決着を得る。これこそヴォードヴィル的手法を内包しているといえる。甥がその閉鎖的空間を精神病院と感じたのはなぜか。それはひとえにオピースキンという存在の支配の特質による。オピースキンとは何者かといえば、居候なのだ。しかしロスタネフは天才として尊敬しているが、実はなんら具体的な天才としての功績を顕してはいない。そのくせ、天才の身振り、気取りは御大層なものなのだ。一家はこの仮面的天才の前にびくびくしてひれ伏している。いわば他者としてそこに入り込んだ甥には万事が先入見なしでありのままに見えるので、その閉鎖的空間が世間一般の家族とは思えず、精神病院と思われてきたというものだ。

　さて、こう見て来るとこの作品における滑稽な効果はなにに由来するかは明らかだろう。通常の社会通念が容赦なく踏み破られ、反転され、それを当然のこととして生きている、いわばガリバー的反世界を見る面白さだ。

　それはモリエールの喜劇の笑いとは違う。その喜劇には人性にたいする鋭い、的確な批評がある。しかしこの世界には批評はない。ゴーゴリにたいする風刺を見出す評家も多いようだが、作品の内部の構造に注目するならば、オピースキンという偽天才、カリスマ的存在にまんまと騙される人間の愚かしさというものだろうが、しかしこの作品では、オピースキンはふたたびカリスマ性を取り戻し、万事めでたし、めでたしで終わる。ロスタネフはナスターシャと共に自分の領土に愛にみちた世界を作ることになる。といったように、このユートピア世界は完全な善意に終始して幕を閉じる。これこそ地下生活者のいう苦悩とは無縁の世界、ヴォードヴィル世界といえるだろう。

4　これらは実はヴォードヴィルのパロディか？

　さらにいえば、これらの作品でドストエフスキーはヴォードヴィルのパロディを書いたのではないか。それはセルバンテスが当時流行の騎士道物語のパロディとして、『ドン・キホーテ』を書いたことと同じ発想だ。ドン・キホーテは騎士道物語に読みふけった挙句自分が遍歴の騎士であるという奇想に憑りつかれて、その世界に槍を持ち、お手製の兜をかぶってサンチョを滑稽な従者として、意気ようようとして入り込んでゆく。此れが、当時流行の騎士物語のパロディとしてセルバンテスが書いたということは周知の通りだ。しかし最後に、ドン・キホーテは、自分の狂想から覚醒し、通常の人間として息を引き取ることになる。

ところで彼の狂想とは彼が騎士道物語に憑りつかれ、そのあまり一挙にその世界に飛び込んでゆくというものだが、一体なぜこのような現象が起こるのか。文学には想像力によって創造された世界を、読者が現実に体現してみようという衝動に駆らせる不思議な力がある。それは文学の偉大な力であるとともに危険な力でもある。ゲーテの『若きウェルテルの悩み』などその典型的な例だ。その書簡体小説の主人公の自殺に倣って自殺者が多く出たので、ゲーテがそれに警告を発したことはよく知られている。いずれにせよ、文学が強い感染力を持った場合、それによって呼び覚まされた感動、あるいは共感のあまりにも激しい時、その感情を現実に発現することで感情を処理しようとするものなのかどうか。

セルバンテスはとにかく主人公をして嘱目する現実を想像力によって騎士道物語の一場面として読みこむということで、その狂想を笑いに供した。そこにこの作品のパロディ性がある。読者はこの主人公の狂想の愚かしさを笑う。問題はどうしてこの愚かしい主人公が読者の深い共感を呼ぶのだろうか。

　ドストエフスキーのこの滑稽な主人公にたいする愛情はよくしられている。ツルゲーネフも亦オマージュを捧げている。おそらくその点にこの人物を説くカギがあるのかと思う。面白いことにドン・キホーテがその死の床で、自分はドン・キホーテではない。ただの人だという。しかしサンチョ・パンザはドン・キホーテと共に再度、遍歴の旅に出ようと口説くのだ。いわばリアリストとして、たえずキホーテの錯誤を注意し続けて来たサンチョはなぜ主人にそのような説得をするのか。

　ドン・キホーテが理想への純潔極まりない理念の体現者だとすれば、サンチョ・パンザ(Santio Panza)、聖なる太鼓腹と命名されたこのずんぐりむっくりのこの男、ロバに乗って供をするこの男は地上的原理を表わすと云えるだろう。ドン・キホーテの荒唐無稽な幻想に振り回されながらも、いつしか彼自身土地を貰って太守になるという夢に捉われだすのだが、このいまや現実に覚醒したドン・キホーテにもう一度遍歴に出ようというサンチョのことばには、なんと深い愛情のこもっていることか。

　ドストエフスキーが、キリストについで美しいのはドン・キホーテだといったのも、うべなるかな。この地上の原理たる存在サンチョが究極的に愛したのはキホーテの狂想を生み出したその純粋さだったというわけだ。

こう考えて来ると、ドン・キホーテなるものの核が見えて来るのではないか。パロディを超えて、読者に伝わってくるのは、その理想に対する献身の無垢というものではないだろうか。自分を笑いものにさらすという否定を通して、無垢は自己を提供するのだ。それは共感を呼び起こす。人間は本来無垢への郷愁をもっている。そのような深い部分の郷愁をそれは呼び覚ます。ドン・キホーテを我々が愛するのはそのためだ。

ところでドストエフスキーが一連の小説でヴォードヴィルをパロディ化したということにも、おなじような事情が働いているといえるのではないか。『伯父さまの夢』も最後は、この世界からの覚醒で終わる。その中心たる公爵は突然死を遂げ、偽の甥はそこを立ち去り、健康になったという。

若者はここでヴォードヴィル的世界（若者には気違い病院とも見えた）が一種狂想の世界であったとここで告げているといっていい。狂想の世界、そこではマリア夫人の意志、どこまでも彼女の野心を遂行しようという意志のもとに人間関係の奇想天外な組み合わせが策略され、夫人はそれに没頭している。その展開の奇抜さのなかに興味を掻き立て、読者の興味をひきずる面白味がある。それはモリエールの喜劇に見出されるような人性の愚かしさの剔抉とか、ゴーゴリのロシア社会に内在する悪の告発による笑いの創出などではなく、クロをシロといいくるめる詭弁の面白さ、あり得るはずもない夢を実現させようという狡知が障害を次から次へと打ち破ってゆく見事さ、これらが通常のヴォードヴィルだったならば、意外な結末でめでたしで終わるのだが、ドストエフスキーは、最後にその世界の崩壊を告げることで、それをパロディ化したのだ。とするならば、セルバンテスの場合と同様、これらのパロディがそこになんらかの煌めく真実を読者に伝えるとしたら、それは一連の荒唐無稽なプロットの展開で隠されていた真実の愛というものだろうか。『スチェパンチコーヴォ村の住人』でいえば、ロスタネフ大佐と養女ナターリアとの隠されてきた愛が祝福されるという結末の喜ばしさだろうか。

ドストエフスキーは『地下室の手記』のなかで、この点にかかわるような興味深いことをいっている。これは先にも触れたことだが、ヴォードヴィルでは苦悩や懐疑は許されない。それは水晶宮でも同じことだ。なぜなら、苦悩とか懐疑は否定である。水晶宮と否定とはあいいれない。だからそれは死だというのだ。しかし何故ドストエフスキーはここで水晶宮の完全なる世界をヴォードヴィルにたとえたのか。

ヴォードヴィルの面白さには、人間の真の苦悩などは無用である。寝とられ男をコケにするというのは、ヴォードヴィル常套のプロットだが、この場合夫の苦悩などへの配慮などは棚上げにされて、騙すことをめぐってのあれやこれやの珍事を連続させ、終わりにめでたしで終われば万事事足れりというのが、ヴォードヴィルのポエチカ（創作方法）なのだ。

ドストエフスキーはこれを水晶宮との関連でとらえた。ヴォードヴィルにおいて、真の人間は死んでいる。そこでドストエフスキーはヴォードヴィルをリアリズムによって小説化することで、パロディ化したのだと思う。

さてこのように、ドストエフスキーにおけるヴォードヴィル的動機を内包する作品をたどってきて、行く手にそびえるのが『悪霊』という巨大な作品である。この作品をキリーロフも言う「悪魔のヴォードヴィル」という視点から見ることはできないだろうか、という問題の提起である。

第八章 『悪霊』に内包されるヴォードヴィル的特色

1 『スチェパンチコーヴォ村とその住人』や『伯父さまの夢』での策略

ヴォードヴィルのポエチカをもう一度振り返ってみたい。そこにはある突飛もない策略、奸計によってプロットが進められてゆく。『スチェパンチコーヴォ村とその住人』では主人公ロスタネフ大佐が、自分の母親の将軍夫人が持ち上げて、尊敬を捧げるフォマー・オピースキンを中心とするひとびとに、タチヤーナという女性との心にもない結婚を持ち掛けられている。というのも相手の財産目当ての為だ。ロスタネフ大佐が真に愛するのは、家庭教師のナターリヤだが、母親に従順で謙抑な彼はその策略を受け入れざるを得ないと思っている。そこに青年がやってきて、その策略を覆すという話だった。この、将軍夫人の権勢を後ろ盾に天才ぶりを演じて、絶対的な人々の尊敬を勝ち得ているのが、かってはそこの居候だったフォマーなのだ。やってきた青年は大佐の甥だが、かれはそこでは万事価値が逆転しているところから、そこをロンドンのベドラム（精神病院）と考えるのだ。結局この青年の活躍で、ロスタネフはナターリヤと結ばれて終わる。ここではロスタネフが一度だけ真実の顔を見せることで、いわゆるヴォードヴィル的解決ではなくなっている。

『伯父さまの夢』でも策略家マリヤ・アレクサンドローヴナが、矢張り財産目当てで娘ジーナを老公爵に結びつけようという策略を持ち、そのためとうとうと弁ずるのだ。これもまた公爵の死によって水泡に帰すのだが、さて『悪霊』にもそのような策略が存在することにきづく。

2　『悪霊』における策略

まずはステパンとダーシャの結婚の提案だ。これはまったく意想外の提案だったと語り手自身もいっているくらいものだ。実はステパンにとっては、ヴァルヴァーラ夫人こそ、生涯をかけて愛した女性だったのだが、それは彼のこころの奥深く隠されたものだった。ヴァルヴァーラ夫人がなぜこのような提案をもちかけたか。それはわからない。夫人がステパンの将来を考えてということが理由らしいが、本意は不明だ。なにしろ二十歳ぐらいの娘と五十歳ほどの初老といってもいい男との結婚には無理があるが、ヴァルヴァーラ夫人の論理は強引で、ダーリヤもステパンもいわば説服させられる。ところがこの話が、ステパンの息子悪霊的奸策者ピョートルによって、「他人の罪業」との結婚かと皮肉られることで、ステパンのこころにおそるべき疑問の雲が広がり出す。他人の罪業とはスタヴローギンのもてあそんだものというほどの意味だろう。後に、ヴァルヴァーラ夫人はステパンを見限るという、冷酷な態度に出ることになるが、それというのもこの不可解な提案から始まったともいえるのだ。

ヴァルヴァーラ夫人の態度の変化はピョートルの画策によるものだろう。ヴァルヴァーラ夫人までが新しい時代思想の信奉者に変節させられて、ステパンを放浪へ、やがて死へと追いやることになる。これはチェルヌイシェフスキー流の芸術否定論さらには驚いたことにツルゲーネフ礼賛と、それまでの態度を一変する。

『悪霊』では策略はピョートルによって巧妙に、様々な形で、様々な処に張り巡らされているのだが、自分の父親でさえも平然と策略の網にかけて、破滅にまで追いやろうという冷酷な計算によって貫かれている。これこそまさにニヒリズム、否定と破壊の精霊による人間破壊の策略だといえよう。ニヒリズムがじわじわと浸透してゆくプロセスのドラマ、人間破壊のドラマ、戦慄的なドラマでありながら、なるほどとおもわせるのはその誘惑術の巧みさだろう。

その人間破壊の最前線に立つのはピョートル・ヴェルホーヴェンスキーだ。悪魔のヴォードヴィルの演出者だ。ヴォードヴィルという軽喜劇では笑いの創造において、笑いを妨げる否定的なもの、懐疑的なものは排除されねばならない。悪魔のヴォードヴィルとは悪魔が演出する軽喜劇で、そこで面白おかしく生を送るのは人間だが、それはじつは、悪魔によって巧妙に仕掛けられた破滅への道なのだ。人間はそれが破滅への道とは知らず、嬉々としてその偽薔薇の敷かれた道を辿るだろう。

いうまでもなく笑うのは悪魔だ。悪魔にとっては否定と破壊が広まれば広まる程、笑いは完全なものになるだろう。このように悪魔のヴォードヴィルとはいわば二重底の構造を持つ。楽天的世界にいわば気儘に生きる人間世界と、それを暗黒世界へと引き込まんとする悪魔の嘲笑という、二重構造である。

こうして『悪霊』において、もっとも悪霊的なピョートル・ヴェルホーヴェンスキーはニヒリズムという悪霊によって巧妙に人間支配の策略を構築するのだ。

まずは旧世代から始めて、若い世代、さらには階級を超えて、なによりも否定と破壊の精霊の拡大を策略することだ。狂信者は大いに歓迎、無垢で、鋭角的論理の魅力に弱い、うぶな反抗に簡単にのめり込む若い世代もまた歓迎。虚栄心にあふれ、他者に吹きこまれた自己主張を、アイデンティティと思いこむ若者もまた結構。ところでそういう悪魔の目論見にたいしては、真実を見抜くものほど厭なものはない。

真実を見抜くもの、またニヒリズムと誠実に対決しようというもの、あるいは道化的存在、ユローディヴイ、ユローディヴァヤ（宗教畸人）といった人間は、欺瞞の手にはのらない。

これらの人間には、自己顕示のプライドなど不要だからだ。しかしそれでは悪魔のヴォードヴィルは完成しない。そこにピョートルの邪魔者排除の強い執念がある。多くの他殺者がでるのも彼の画策による。

レビャートキン兄弟の殺しもそのような策略からだろう。シャートフ暗殺もそうだが、それはピョートルが、シャートフがニヒリズムを超えて、民族の中に神を見出そうとする情熱を憎んだからだし、またかつてシャートフの侮辱を受けた報復という、悪霊的ルサンチマンの感情も働いているという。いずれにせよ、シャートフには神の存在を問い続ける真摯さがあった。こういう人間は悪魔のもっとも苦手とするものなのだ。キリーロフも同じ手ごわい敵なのだが、こちらはうまいことに、自殺の理論をうちたてるというところに、いわば自己破滅のうまみがある。しかしキリーロフはその自殺によって結局はピョートルの策略の網にかかったのだろうか。ここはなかなか問題のあるところだ。

足の悪いマリア・レビャートキナと、スタヴローギンとのかかわりぐらい興味深いものはないだろう。知力贅力ともに優れた美男子で傲慢なスタヴローギンと体の不自由なユローディヴァヤ(佯狂女)ともいうべきマリアとの組み合わせ、これくらいヴォードヴィル的逆説、意外性に富んだ主題はないのではないか。彼女がピョートルの策略の達成に於いて大いなる邪魔者だったという事はわかるが、この兄妹暗殺を、フェージカに金をやって暗にそそのかすスタヴローギンの気持ちは難解である。

またシャートフ暗殺を、仲間の血の結束を図るためにといって、暗示するがごときスタヴローギンの気持ちも不明だ。『悪霊』ではスタヴローギンが主人公だが、それは言うまでもなくその人物の巨人性による。巨人性とは、彼の体験の豊かさ、知力の鋭く深く、一切に行き渡ろうとする貪欲さ、いうなればファウスト的巨人性というものだろうが、ただ一点最も重要な核、人生の意味がそこで焦点を結ぶはずの絶対的な核を欠いている。彼はニヒリストだが、それは最も徹底した意味でのニヒリストだ。かれのうちにあってニヒリズムは不断に機能するニヒリズムというべきものではないかと思う。ニヒリズムはきわめて逆説的観念であって、ニヒリストであるという途端、彼はみずからニヒリストたることを否定することになる。いわば無意味の、灰色の世界に投げ出され、のたうち回らざるを得ない苦悩の中に置かれた人間それが、スタヴローギンだ。

このような人間にとっては、ピョートルのごときニヒリストにして行動家は軽蔑すべきものにほかならないだろう。ピョートル自身それは充分承知しているが、ピョートルはそういうスタヴローギンをもまた実は自分の策略の網にかけようと目論んでいる。

3　欺瞞の網をいかに広く打ったか

さきに記したピョートルの言葉にある混乱時代招来のために、ピョートルの打った投げ網の広さと狡知は面白いものだ。ゴーゴリが『検察官』で使った思い込みという人間の欠陥を巧みに利用し、また人間の貪欲さはいわずもがな、虚栄心、支配欲など、対象によって柔軟にその弱点を捉えて対応してゆくのだ。上は県知事から、下は脱獄囚と、対象とするのはこの小社会の縮図ともいえるものだ。特に県知事にたいする画策は見事なものであり、ピョートルは県知事を自分の意のままに操り、結局破滅へと追いやってゆく。

県知事フォン・レムブケーはドイツ人、妻のユリア夫人には頭があがらない。彼は志がかなわないときには、紙細工の劇場とか教会をつくって自らを慰めるというセンチメンタリストだ。小説も書いている。

将を射んと欲せばまず馬を射よ。ピョートルはユリア夫人を取り込む。野心家の彼女は、ピョートルを国家的大陰謀の密告者として考えていた。何時かその陰謀が暴露され、中央政府の讃辞を受け、昇進するだろう。そこで、ピョートルに取り入って、愛もって青年たちが国家的陰謀にひきいれられる瀬戸際で引きとめる方法をこうじたいという野心がユリア夫人の頭の中に憑依の如く入り込んだ。ピョートルの言動にそれを匂わせるものがあったからだ。

こうしてピョートルはユリア夫人の全幅の信頼を得て、夫のレムブケーを掌に載せる奸計に移る。

ピョートルはレムブケーの小説を預かり、それを紛失したなどといって、この県知事の肝を冷やす。県知事が、檄文の秘密なコレクショナーときいて、それを借りてもっていってしまう。県知事の心の、いわば内密な自負にかかわるものを、ピョートルはそれを鷲掴みにしてこの県知事支配に利用するのだ。

一方ユリア夫人には若い世代に対しての同情的な思い入れがあり、そこで彼女は県内の貧しい女性家庭教師を経済的に援助するという触れ込みで娯楽デーを計画する。昼は文学講演会、夜は舞踏会、そこに文学カドリールを挟む。

『ファウスト』ではファウストによって誘惑され、幼児殺しの罪に追いやられたグレーチヘンの悲惨を忘れさせようと、メフィストーフェレスはファウストを悪魔の祝宴に連れ出す。いわばファウストがグロテスクな饗宴のなかに魂を忘れさせているうちに、グレーチヘンの運命は破滅へと導かれていくのだ。『悪霊』においても、この「娯楽デー」はプロットに重要な意味をもつ。メフィストーフェレス設定のワルプルギスの夜といいたい祝祭がしかけられている。この娯楽デーがそれに相当するといっていいのではないか。この祝祭を機にステパンの運命も大きく変わり、ヴァルヴァーラ夫人がピョートルの奸計に憑依されて、ステパンを見棄てる。

ステパンは永年生活を共にしてきた、恵愛するヴァルヴァーラ夫人の元を去って、放浪者として街道に歩み出て行くことになるのだ。これはこの作品のヴォードヴィル的構造を示す大きな転換点だ。

祭りはたびたび延期され、婦人社会では軽佻の気分が漲って来る。ユリア夫人のサロンを中心に一つのグループが形成される。

福音書売りの女の袋に外国製のポルノが密かに投げ入れられて、観工場で聖書を出すと、ポルノが一緒に散乱したので逮捕され、女は留置場へ入れられるという騒ぎも起きる。

ポルノを入れたのはリャームシンというユダヤ人の青年だったが、彼は「普仏戦争」をいわばピアノで演奏して見せる。フランスの国歌ラ・マルセイエーズを弾いているうち、そこに忍び込んだ、ドイツの俗謡「愛しのオーガスティン」の猥雑なメロディーがフランスの勇壮たるメロディーをついに駆逐するというものだ。「普仏戦争」のパロディだが、この『悪霊』という逆転した文学空間では笑いへと転換される。

福音書売りの女に対する悪戯に、さらに醜悪な冒涜事件の発生が相継ぎ、聖母誕生寺の塀の門際に飾られたマリアのイコンの厨子が壊され、ガラスのなかに二十日鼠が入れられていた。

あるいは奇怪な偽聖者が出現するのも、社会混乱時代特有の現象といえるだろう。

セミョーン・ヤーコヴレヴィッチという奇怪な予言の聖者の出現。悩める信者が集まり、次々と悩みを訴えると、それに応じて突飛な指図をするのだ。砂糖をやれというのがそのご託宣だ。

そこに行く途中一行はピストルの自殺者の見物に立ち寄る。それは十九歳の青年で自殺の理由は金を使い果たしたためだという。一行は自殺の現場に立ち会う。ある男がいう、ロシアでは縊死やピストル自殺が頻発するのは、根が切れたか、足元の床がわきへ滑りぬけてしまったからだという。

こうしたなかで、ステパンとヴァルヴァーラ夫人との会談がスクヴァレーシニキイで実現する。驚いたことには二十年このかた見慣れた夫人とは異なっていたというのだ。夫人はステパンに一年三千ルーブリ贈る、あなたはどこに住んでもいい、ここの土地でもよいが、この家ではいけない。友情なんかは体裁のいい飾り言葉に過ぎないとまでいう。夫人はすっかりピョートルに心酔し、チェルヌイシェフスキーばりの新思想の宣伝者と化してしまっていた。

ことごとに二人の意見は対立しだす。夫人はみなステパンを攻撃しているという。文学会でのテーマを聞かれて、ステパンは人類の理想としてのシスチンのマドンナについて話すと答える。カルマジーノフ（ツルゲーネフをモデルとしている。カルマジーノフはロシア語の形容詞「カルマジーヌイ深紅色の」から作られたもので、そこには痛烈な皮肉がある）についても二人の見解は正反対だ。夫人は国家的人物というのにたいして、ステパンは時代遅れの女の腐ったような奴という。

この夫人の突然の変節に、ステパンは衝撃を受け、袋をとって出て行き、どこかの塀の下で飢え死にする、自分の姫にたいする騎士のように美しく生涯を終えたいとまで思った。忠実なるステパンはここでヅルシネアをマドンナとするドン・キホーテを思い浮かべている。

このヴァルヴァーラ夫人の突然の変節を文字通りに取ったとするとかなり奇妙なことになるだろう。それはヴァルヴァーラ夫人の性格に跳ね返り、あらためて夫人の性格設定に疑問がうかぶことになるだろう。しかしこれを『悪霊』という戯画化された文学空間、そこにヴォードヴィル的空間をみるならば、まったく異なった展望が開けてくるのではないか。

4　ヴォードヴィル空間の転換点としての祭

ヴォードヴィルが予想外のプロットの進行によって笑いを一貫させるものであったとしたら、祭りこそそうした重大な役割を負っていることになる。上に述べたヴァルヴァーラ夫人の驚くべき変節とでもいいたい、ステパンに対する友情を弊履のごとくはき捨てることなどもその先駆的現象にほかならない。

これはそれまでの夫人の毅然とした、貴族的姿勢からして全く考えられない変節ではないだろうか。なによりも夫人にとってステパンは、深い愛情の対象だったはずだ。この祭りを契機にヴァルヴァーラ夫人はチェルヌイシェフスキーの信徒と化した如き言動に走る。なるほど日頃夫人は、ステパンがポール・ド・コックに読みふけり、カルタにうつつを抜かしていることに苦情を呈していたということはあるが、それは全く別の問題だろう。とすれば、夫人の変節はヴォードヴィル空間独特の予想外の転換として捉えるしかないのではないか。こういう観点に立って恐らく祭りを見る必要があるかと思うが、祭り自体大きな山場を作っているので、祭りについては稿を改めたいと思う。

なによりも著しいことは、これを契機に多くの人間が死へと追いやられて行くことだ。スタヴローギンの正式の妻マリア・レビャートキナは兄大尉と共に殺害される。リーザの死、シャートフ虐殺、その妻マリアと赤子の死、脱獄囚フェージャの殺害。キリーロフの自殺。さらに県知事フォン・レンブケーの発狂。いうだに恐ろしい悲劇が連続する。社会崩壊の予兆ともいうべき火災が三カ所で起きる。祭りの舞踏会の夜、そのような悲劇の進行を知ることなくスタヴローギンはリーザと共に一夜を過ごす。この祭りこそ『悪霊』版ワルプルギスの夜というべきものではないか。ここにはピョートルのスタヴローギン支配の狡知を極めた計算があった。かれにはスタヴローギンを自分の破壊戦略の中に取り込み、いわば破壊の一方で暗黒の王国を作ろうという悪魔的計算があった。

こうした悲劇的事件の頻発は、プロットの流れの生み出した必然的帰結といえばそうなのだろうが、祝祭的空間の悲劇への突然の暗転、ここには『悪霊』特有の悪霊の暗躍があるのではないか。筆者は『悪霊』を〈悪魔のヴォードヴィル〉という観点に立って解読を進めているが、このプロットにみられる暗転の極端な展開には、なにか悪霊的なものの手が働いてはいないだろうかという推定にかられる。

そこから、祭りというこの祝祭空間とは、悪魔による陥穽のいわば総仕上げともいうべきものと思われてくる。

ゲーテの『ファウスト』第一部においてワルプルギスの夜という場面がある。これは悪魔たちの饗宴だが、メフィストーフェレスがファウストをそこに連れ出したのは、ファウストの誘惑によって惹き起こされたグレーチヘンの悲劇からファウストの注意をそらすためだったという。この悪魔の饗宴ではエロティックな異形の魔たちがファウストの目を奪う。その間にグレーチヘンは捕らえられ、死刑台に上る運命に陥る。

『悪霊』における知事夫人ユーリアの計画する祭りは、勿論悪魔の饗宴などではなく、県在住の女性家庭教師の生活の援助という目的の為、講演や文学カドリールなどが組まれていて、入場料を取り、それを援助の資金にしようというもので、それ自体は時代の要求にこたえる立派な企画であるに違いなかった。しかし実際にはこの企画の発案者県知事夫人ユーリアを自在に操っていたのがピョートルだった。

　ユーリアはピョートルをなにか重要な政治的秘密を帯びた人物と思い、心酔しており、夫の県知事レンブケーーの嫉妬まで招いているほどだった。しかしユーリアには夫に対して絶対的な権威をもって振る舞う自負と自信があった。さらに野心があった。ピョートルはそこに巧みに付け入り、思うままに夫人を操ったのだ。

　ピョートルはこの祭りという祝祭的空間を、いかに破壊的悪霊の跳梁する反空間へと転換するかという奸計をもってユーリアを操作したのだ。

　ピョートルはこれにさきだち、またヴァルヴァーラ夫人の心をも捉えてしまっていた。このヴァルヴァーラ夫人の心をも支配してしまうという点にこの小説のヴォードヴィル的性格が鮮やかに現れているように思う。

　ヴァルヴァーラ夫人はピョートルの影響のもと、ステパンとの強固であったはずの、永久につづくと思われていた友情を弊履のごとく打ち捨て、いわばステパンと別離を宣言することになるのだが、一体あの強烈な個性の、気位の高い、人間観察では厳しいとしか思えないヴァルヴァーラ夫人が、初対面の、どうみても軽佻浮薄な才子としかみえないピョートルの意のままになるなどということが想像されるだろうか。ステパンのダーシャとの結婚話のヴァルヴァーラ夫人による取り決めの一方的なことから、既にヴォードヴィル的空間が始まっているといえるが、ここに至ってその性格はいっそう濃厚なものとなったといえるだろう。

ピョートルが、この結婚話についての父ステパンのためらい、疑問をすっぱ抜いたことが夫人との二十年間の深い友情破棄の起爆剤になった。つまり、このような展開は性格のかもすプロット上の必然よりは、ヴォードヴィルという喜劇空間作成上のポエチカによる性格の急変である。

フランスのドストエフスキー研究家ピエール・パスカルは仏訳プレイヤード版『悪霊』序文の最初の所で、この小説の印象として、始めから終わりまで、次から次へと突発事件(coup de théâtre)が相次いで、読者は無秩序と混沌の印象から解放されないと記している。この日本語で「突発事件、どんでんがえし」などという訳語をつけられている原語coup de théâtreは大きなラルース仏語辞典によれば「状況を急激に変えてしまう思いがけない出来事、状況をひっくりかえし大混乱に陥れる突然の思いがけないできごと」とある。これはヴォードヴィルという軽喜劇の手法をよく説明しているタームであるかと思う。

ヴォードヴィルでは、極めて恣意的な権力意志を持つ人物が出て来て、通常では考えられない陰謀を張り巡らす。それはドストエフスキーにおいても、先に見たように『伯父の夢』『スチェパンチコーヴォ村の住人』のプロットに仕掛けられていた。それが遥かに巨大にして複雑な規模で、現実世界にむけて発揮されたのが『悪霊』だが、ピョートル・ヴェルホーヴェンスキーこそその権力意志の体現者、いわば悪魔的狡知をもつ体現者だ。

ニヒリズムが人々にひとたび憑依するや、それは増殖し人々の魂を呑み込み、そこに破壊的人間が現出する。ピョートルはその組織者だ。彼は自分のことを社会主義者などではない、世界を破壊する策士だとスタヴローギンに語る。彼がこの県にやってきたのはほかならずそれが目的だったという事をまず確認する必要があるだろう。

破壊の触手をあらゆる方向に伸ばしてゆくピョートルだが、まずはその県の上流階級に大きな楔を打ち込み、祭りという人心が浮足立つといってもいい時空に向けて、その悪霊的破壊計画を練り上げてゆくのだ。

祭りにおいて社会的混乱を極点にまで追い詰める。

ひとびとが祭りにおいて大いなる歓喜にどっぷり浸っている間に、悪霊がその良俗的秩序をほしいままに嘲笑し、暗黒の破壊を潜行させ、火災をきっかけに恐るべき破壊を一挙に現実化しようという、実に祭りこそその陰謀達成の頂点といっていいだろう。

語り手アントン・Gはこの祭りによって引き起こされた混乱について、この語りの中でもっとも暗いものと表現した。祭りという、元来開放的で、陽気さに満ちた空間が、全く正反対なものへと変化する。ここに『悪霊』という小説の中核的構造を為す〈悪魔によるヴォードヴィル〉の本質が露わになるといえるだろう。

女性家庭教師救済という美しい理念のもとに出発した祭りが、全く正反対のニヒリストたちの嘲笑、攻撃にさらされて、遂に暗黒の空間に反転する。そこから、虚無の悪魔の笑う声が聞こえてくるようだ。

5　破壊へのピョートルの情念

悪霊の言葉は常に二重性を持つ。ただ一回だけこの悪霊的奸策者ピョートルが本音に近いものを漏らしたことがある。それはスタヴローギンに対していった言葉だ。スタヴローギンがなぜピョートルにとって自分が必要なのか聞いたときのピョートルの答えだ。

彼は言う。

僕は新しい混乱時代を現出する。シガリョーフ主義はいうまでもなく、賛成だがいまは宝石屋の店に飾るべきものだ、理想だ。僕はある偶像を愛する、それが君ニコライ（スタヴローギンのこと）だ、君は恐ろしいアリストクラートだ、人間の命を犠牲にすることなど平気だ、君は指揮官であり太陽だ。僕は第一歩を考え出した、初に混乱時代を現出する。人民のただなかに没入する。僕は策士で、社会主義者じゃない。仲間に引き入れるものは「子供らと一緒になって、彼らの神や揺籃を笑う教師。殺された者より、殺した者の方がより多く発達している、また金を得るため殺人を犯さざるをえなかったのだ、などと言って教養ある犯人を弁護する弁護士」、「実際の感覚を経験するために農民を殺す学生」、「なんでもかんでも犯人を釈放しようとする陪審員」「自分の自由主義がまだ不十分ではないかと、法廷でびくびくしている検事」その他官吏、文学者、味方はたくさんいる。名誉心・貪欲心が盛んなこの時代、犯罪は「精神錯乱どころか、最も健全な常識」「義務」「潔白な反抗」なのだ。今の時代は「人間がいまわしい、臆病な、残酷な、我利我利一点張りの蛆虫になってしまうような、前代未聞の陋劣な放縦の時代」だ。我々は「破壊を宣伝する」。小手だめしにまず火事を道具に使う、伝説を道具に使う。どんなやくざな集団でも役に立つ、大地は一面濛気に閉ざされ、大地は古い神を慕って号泣する。そのときイヴァン皇子が登場する、それが君です。明日にでも金はもらわずにマリアのかたをつける、リーザをあなたのところに連れてゆく。あなたは僕等のアメリカになってくれますね——三日間猶予を与えます。

ピョートルは破壊だけでは仕様がないので、新しい力が必要だ、それがあれば地球でも持ち上がる新しい力が必要といって、イヴァン皇子ことスタヴローギンこそその新しい力だというのだ。その新しい力は隠されていて、ただひとりの人間だけに姿を現す。そのひとりがそれを民衆に喧伝する。こうして新しい力が世界を支配するようになる。

これがピョートルの本音に近い告白なのだが、しかしこれをそのままに信ずるわけにはいかないだろう。ピョートルのこの言葉の実現は、なんのことはないその支配の貫徹に他ならない以上、ピョートルはそこにおいてこそスタヴローギンを支配する悪霊的正体を現すに違いないのだ。ピョートルの奸悪な意図においては、彼とスタヴローギンとの関係は、荒野の悪魔と大審問官の関係になるはずだ。

キリストが荒野で断食をしている時、悪魔が来てキリストに三つの巧妙な誘惑を提案する。キリストが真に神の子ならば、石をパンに変えて見よ、高台から飛び降りて見よ、我に従えば、この世をお前にやる。この三つの誘惑をキリストは退けるのだが、大審問官は悪魔の提供を受けいれ、畜群的人間支配の専横体制を造ることになる。

そうしたピョートルの本性にスタヴローギンが気づかないはずはない。しかしスタヴローギンは大審問官ではない。かれは悪霊的策士ピョートルを同伴するが、それはファウスト的意図においてだ。ピョートルがメフィストーフェレス的悪霊だとすれば、スタヴローギンはまさしくファウスト的存在、それも悪を遍歴するという、いわば倒錯した絶対探求者といえよう。ファウストが「時よ止まれ」という瞬間を求めての絶対探究者だとすれば、スタヴローギンは魂にとって真なる悔恨はありやなしやの、驚くべき逆説的絶対探求者なのだ。スタヴローギンのニヒリズムがどのようにして形成されたものなのかは、説明されていない。ただそのニヒリズムは、例えばムイシュキンがロシアではニヒリズムも祭壇へとあげられるといった程度のニヒリズムとは全く異なるものであることは言うまでもない。

ニヒリズムを祭壇に祭り上げた時、ニヒリズムはニヒリズムというひとつの偶像になる。偶像に化したとき、ニヒリストは単なる偶像崇拝者に堕する。『悪霊』にもフォークト、モレショット、ビュヒネルを祭壇にして祭りあげる将校が出て来る。いわゆる俗流唯物論といわれる、知能の働きを一切物質現象に還元する、神否定の安直なニヒリズムだ。スタヴローギンのニヒリズムは全く異質の、はるかに徹底したものだ。

ところでピョートルがスタヴローギンを新しい力、それも姿を現さず、民衆を支配するものとなってほしいといった新しい力とは、偶像になれという事なのだ。このことは、ピョートルのスタヴローギン理解の限界を示している。

この悪霊的存在者ピョートルには所詮人間の魂のもつ宏大な領域は判らないのだ。ピョートルはキリーロフとの最後の対話の中で、人間は愉楽だけを求めており、そしてそれだけのものという。キリーロフはそういうピョートルにたいして、神がありや無しやに苦しむ人間の苦悩は君にはわからないといって、スタヴローギンについて、彼はたとえ信仰をもっていたとしても、持っていることを信じない、信仰を持っていないとしても、持っていないことを信じないといった。

さすがキリーロフはよく見ている。これはスタヴローギンのニヒリズムの特質を的確に現わした言葉だ。

いわばスタヴローギンとは神はありやなしやの永遠の問いによって、虚空に宙づりになった人間なのだ。ピョートルにはこのようなスタヴローギンの巨人性はわからない。彼の人間理解は上述の言葉にも明らかなように地上的といっていいだろう。人間の地上的欲望を満たしてやれば、人間はついてくる。かれはそのようにして破壊の種を蒔いてきた。それはメフィストーフェレスがファウストのあらゆる欲望、願望を満たすことで、ファウストからその自我完全充足の瞬間「時よ止まれ」をひきだすのと引き換えにその魂を獲得するという狡猾な意図と響き合っている。

ただ、ピョートルはスタヴローギンの悪の遍歴の同伴者として、スタヴローギンのほしいまま欲望の充足に仕えることで、いわばアンチ・キリストとして担ごうというものだ。メフィストーフェレスの悪魔的目論見同様、最終的には、スタヴローギンの魂は地獄行きということになるはずだ。

スタヴローギンのニヒリズムは、不断に機能するニヒリズムだ。スタヴローギンの悲劇とは、彼の強大な人間的エネルギーが、機能するニヒリズムに変換されたということではないか。機能するニヒリズムとはエネルギーの無意味な永久運動だ。カミュのいうシジフォスの労働に他ならない。しかし、カミュの説くように、不条理な労働自体のなかに喜びを見出すこともできない。スタヴローギンのニヒリズムははるかに大きく深い。それはメフィストーフェレスがファウストの魂の宏大な領域を、自分の判断で裁断し、契約において勝ったと思ったとき、ファウストの魂は天上にもちさられてしまうのと同様、スタヴローギンはピョートルを自分の同伴者としながら、ピョートルの理解の届かないところで、ピョートルを見放す。そのことはピョートルにはわからない。この両者の内的世界の根本的差異によって、結局この作品にしかけられた〈悪魔のヴォードヴィル〉は瓦解することになるのだが、ピョートルだけは国外に逃れてゆく。これは悪霊もまた神と同様永遠であることを意味している。

ピョートルの隠れた民衆支配の偶像たるべきスタヴローギンは、偶像どころではない、自己を地上から抹殺すべきものとして、あたかも少女の幻影に憑かれたかのようにして縊死を遂げることになる。この結末においてスタヴローギンはファウストの「時よ止まれ」のごとくその遍歴に終止符を打ったのだ。

彼は徹底してそのニヒリズムを貫徹したといえるだろう。キリーロフ、シャートフが結局は貫徹することのなかったニヒリズムの煉獄から逆説的な脱出を得たといえる。これはピョートルの演出する〈悪魔のヴォードヴィル〉の瓦解を意味する。もしもスタヴローギンがピョートルの奸計にのって、自らを偶像としていたならば、ピョートルの破壊工作は成功していたかもしれない。そう考えるならば、スタヴローギンとはまさにニヒリズムという十字架に処刑された存在として、不信の極北から、一挙に逆説的信へと飛躍するという巨大性を持つ存在に他ならなかったということになる。

ところでこれまでのドストエフスキーの創ったヴォードヴィル的作品『伯父の夢』『ステパンチコーヴォ村とその住人』ではそこに常に狡知に裏打ちされた意図があってその達成に向けて、巧みな弁証をなすというプロットが組まれていた。それは結局予想外な形で破綻乃至収束してゆくのだが、その際の弁証がなんとも巧妙なものだ。たとえば、『伯父の夢』のマリア・アレクサンドローヴナの弁証など米川正夫は大審問官の論理を彷彿とさせるといっている。そういう点で、『悪霊』におけるピョートルのなす破壊への工作は実に面白い。以下、破壊にむけてのその戦略について見ることにしたい。

第九章　ピョートルの破壊戦略

その人心操作術は、相手によって、それが単数であれ、複数であれ、自在に振る舞われる。そのためには、相手のどこを攻めるかを見抜かねばならない。それは相手の人間的弱点というものに限られてはいない。むしろ長所、強い自負、自尊心といったものこそかえって、それを梃子に相手を自在に操れるものだ。その有効性は一寸した暗示だけで充分というところにあるだろう。自負は自己増殖するからだ。その点ではピョートルはいわばドイツ語でいうメンシェン・ケンナー（Menschen Koenner）だ。ただ彼にも重大な欠点がある。それは先にもふれたように、メフィストーフェレスと同様、人間理解の範囲が人間の地上的欲望と限定されているので、それを超える領域となると、一方的な理解にとどまって、致命的な過ちを犯すことになるだろう。

このピョートルの理解の一方性については脱獄囚フェージャもいっている。フェージャというような社会からはみ出た人間の方が悪魔的なものに対する感知力があるというのも、極めて面白いことではないだろうか。ピョートルはレビャートキン大尉兄妹を暗殺するのだが、ピョートルがフェージャを最終的には殺すのは、証拠隠滅という理由だけではなく、フェージャによって正体を見破られていることによる悪魔的ルサンチマンからとはいえまいか。いうまでもないことだが、フェージャのような存在は自負とか、虚栄といったものとは無縁だからだ。

それは足の不自由な、ユローディヴァヤたるマリア・チモフェーエヴナ・レビャートキナについてもいえることかと思う。

しかし社会的地位をもつものは、その地位に応じてつよい虚栄心、又自負、自尊の念を持つだろう。ここに悪魔の操心術の秘訣がある。人間の自負、虚栄こそ悪魔にとって人間支配の梃子の支点だ。以下、「さかしき蛇」と比喩されるピョートルの人間社会破壊の戦略を見て見よう。

1　支配階級に楔を入れる

悪魔の支配の中核はなによりも支配階級にその楔を打ち込むことだろう。『カラマーゾフの兄弟』の「大審問官」の章でイヴァンがアリョーシャに語る荒野でのキリストに対してなされる悪魔の誘惑はその象徴的な表れだ。悪魔はキリストという聖なる世界の中心をおそったのだ。そのようにピョートルは県知事というその県支配の中枢を狙う。

その場合彼はまず県知事夫人ユリアを領略する。将を射んと欲すれば馬を射よというわけだ。ピョートルは夫人に心酔しているとおもわせて、ユリア夫人の自惚れに働きかけてまずは夫人を取り込む。ユリア夫人は県内に国家的陰謀があって、ピョートルはそれを密告してくれる人物と思いこみ、陰謀の暴露に貢献し、その結果昇進するに違いないといった幻想を持つ。そこでそれらにかかわった青年を善道して、新しい道を示してやろうという野心にすっかり捉われてしまった。語り手は「もしユリア夫人の自負心と虚栄心が、あれほど激しくなかったら、あの悪人ばらがこの町でしでかしたようなことは、おそらく起らなかったに相違ないのだ。これについては彼女に大部分責任があったのである！」と述べている。

いっぽう新任の県知事フォン・レムブケーは妻のユリアにはまったく頭が上がらない。ピョートルはその点を見ぬいて、まずはユリア夫人を手玉に取ることから始めたわけだが、なぜレムブケーがユリアに頭が上がらないかの理由は、次に語られるながながとした叙述からおのずと浮かび上がってくるだろう。

このロシアで教育をうけたドイツ人レンブケーーはユリア夫人より年下で、作者はふたりの結婚までのレムブケーの経歴について、かなりのページを割いている。それは大変面白いもので、このロシアそだちのドイツ人の風貌がかなり戯画化して描かれている。人間的には凡庸だが、凡庸のくせに目立ちたがるのがこのドイツ人で、そういう男の例に漏れず凡庸を逆手に取る独自な処世術、つまり道化的才覚を身に着けていたという事だ。彼は貴族的な学校に潜り込み、多くのロシア人学生が将来自分の社会的懸案を実行しようという野心に燃えているのに、かれは呑気千万な悪戯を仕事にしていたという。彼は突飛な事をしでかしては皆を笑わせた。ただそこに奇才があるというのではなく、猥雑な言葉、猥雑な仕草を演じて、自身を座興に提供するというものだった。彼はロシア語で詩を書いた。母国語たるドイツ語については、文法的な知識しか持っていなかった。やがて彼はりゅうとした身なりで、名前もフォン・レンブケーーと名乗り、遠縁のある同族の将軍の所に寄寓した。いまや、猥雑さという仮面をつけた、かつての道化は影を潜め、アリヴィスト（成り上がり主義者）へと変貌したといっていいだろう。かれはその将官の令嬢アマリアに恋するが、アマリアは将官の古い友人の元へ嫁ぐ、彼は大して悲観することもなく、紙細工の劇場を作る。それは実際の劇場の情景その儘を再現したもので、オーケストラは機械仕掛けでヴァイオリンを弓でこする。指揮者もいれば、喝采する伊達男、将官もいるというもので、彼自身六か月かけて考案したものだった。将軍は内輪同士の夜会でそれを披露する。結婚したてのアマリア夫妻を始め五人の娘たちがあつまり、その紙細工には讃嘆し、やがて舞踏が始まる。こうしてかれは破恋の悲しみも忘れてしまった。

同族のひきもあって、彼は官界で年の割には恵まれた地位を獲得する。結婚を目論んでいたが、そんなとき上官に内緒で小説を書いて、ある雑誌の編集局におくるが、没にされる。このときも、発車直前の汽車のとまる停車場の慌ただしい情景のいきいきとした模型を作った。この精巧な模型には一年を掛けた。

官界では著しい栄達を遂げパン屋の叔父の遺産も入り、あとは結婚だけというレンブケーの前に現れたのが、ユリアというロシア女だった。四十歳を超えたこの年上の女は、農奴二百人と立派な保護者を持っていた。レンブケーはこの女に真剣に恋しはじめ、結婚の日の朝、詩を送った。こうして彼はこの女の御意にかない、その夫となった。やがて彼はこの県の知事に任命された。それにはユリア夫人の懸命な画策があった。レンブケーは無能な人間ではなかったが、感受性が鈍いこと、長い立身出世の努力街道を走り続けたため、安息の要求を感じ始めていたことが夫人の心配の種だった。夫人は自分の名誉心を夫に注ぎたくてたまらなかった。ところが、夫は思いがけなくも紙細工の教会を作り始めたのだ。牧師が説教を始め、人々は祈り、涙し、オルガンが鳴って終わるというもので、彼はその紙細工を、費用をいとわずスイスから取り寄せたのだ。ユリア夫人は恐怖を感じたという。その紙細工を取り上げ、鍵をかけて箱のなかにしまいこんだ。かわりに小説を書くことを許したがそれも内緒にという事だった。これを機にユリア夫人はおのれひとりを頼みにする覚悟を決めた。

強固な自己顕示欲にかられ、県の政治を掌握して多くの取り巻き連にちやほやされたいという空想にかられ、夫レムブケーを県知事と云う職に付けたのだ。レムブケーはというと、最初はいくらかぎょっとしたが、ユリア夫人の意を察してだろう、その職に着き二、三か月を経た。そのとき二人の間にピョートルが割り込んできたのだ。これは先にも述べたように、ユリア夫人のいわば操り人形の如きレムブケーにピョートルは悪魔的嘲弄の矛先を向けたのだ。それには、まずユリア夫人に取り込みさえすればいい。こうして、ピョートルのユリア夫人籠絡の画策にかかるのだ。そしてそれは見事に成功し、この県の中核ともいうべきレムブケー知事は精神錯乱へと追いやられることになる。

2　ピョートルの他者操縦術

ピョートルにこれといって定まった他者操縦術があるわけではない。魔性の持ち主はむしろ変幻自在相手の出方によって他者籠絡の手段を択ぶものだ。ただその言葉は常に二重性を持つ。表層の言葉は、背後に狡猾な意図を秘めている。

ピョートルはレムブケーに対しては不遜な態度で、なにか奇怪な優越感を持つかのようにふるまった。遂にはその家で寝起きし、食事もとるようになった。他人がいる前でも無作法な言辞を弄したが、表て見には真面目な話しぶりと見えた。レムブケーの留守に、その書斎に入り込んでいた。レムブケーはユリア夫人に愁訴したが、夫人は「あなたは知事にふさわしい態度もとれない。あのひとには社会的常軌をはずれているが、無邪気で清新なところがある」というようなことを言って取り合わない。

レムブケーは大失策をやってしまった。前に書いた小説のことを、ついピョートルに洩らしてしまったのだ。ピョートルはそれを借りて行き、やがて往来でなくしたという。それを聞いて、ユリア夫人は怒りをあらわにした。レムブケーは考え込むようになった。ユリア夫人は、ピョートルには自由思想の残滓があるが、愛の力で感化を及ぼし、いざという時、たとえば自由思想の暴走の危険の見えた時は、引き留めてあげるというのだった。

しかしピョートルは何を言い出すかわからない、とレムブケーは夫人に反論し、ピョートルと交わした会話を思い出した。それは彼の秘密に収集した檄文をピョートルに見せた時交わした会話で、檄文の内容に触れてピョートルが厳しく体制批判の言辞を弄するのにたいして、レムブケーは自由思想を論ずるにかっこうの相手を得たとばかりに、県知事としての威厳を顕示し乍ら、イギリスの例をひきピョートルを進歩党、自身を保守党になぞらえて、双方なくてはならぬものとして、共同の事業に携わっているのだと弁じたのだ。

ピョートルはそれを皮肉る。腹を立てる県知事に、ピョートルは謎めいたことを言った。

「まあ、なんとでも考えなさい。が、とにかく、あなたは僕らのために道をひらいて、僕らの成功の下地を作って下さるのですよ。」

驚いたレムブケーは「僕ら」とは誰だ、「成功」とはなんのことかと相手を見据えたが、返事は得られなかった。ユリア夫人はその話をきき、恐ろしく不満そうだった。レムブケーは、ピョートルは夫人のお気に入りだから上司の権力を傘に着てやっつけるわけにはいかないじゃないかと弁解する。では檄文のコレクションを見せてくれという夫人にピョートルに持って行かれてしまったといって、彼はまた夫人の怒りを買った。一体あいつは何者だというレムブケーに夫人は、こう答えた。

「あの人については、わたし立派に紹介を受けていますの。なかなか才気のある人で、どうかすると、たいへん気のきいたことを言いますよ。カルマジーノフもわたしに断言しました。あの人はいたるところに関係を結んでいて、都の青年層では大した勢力をもっているんですとさ。もしわたしがあの人を通じて、すべての青年層を惹きつけたうえ、自分の周囲にひとつのグループを作ったら、その人たちの功名心に新しい道を示して、滅亡の淵から救ってやりますわ。あの人は心から私に心服して、なんでもわたしの言うことを聞いてくれます。」

このユリア夫人の、ピョートルに対する全面的信頼の言葉は、将来文字通り実現することになる。文字通り、しかしそれは社会の全面的破壊の実現という、ピョートルの悪魔的策略の体現に他ならなかったのだ。ユリア夫人にとってピョートルは、まさに彼女の寵児に他ならないのだが、ピョートルからすればなんという喜劇か、ということになるだろう。ユリア夫人はとくとくとして、ピョートルの人間社会破壊に貢献していることになる。ピョートルから見れば、演出家悪魔による舞台の上で演じられる、滑稽劇ヴォードヴィルいうべきものになるかと思う。

語り手はこの点について、次のように述べている。

「事件の描写に移るにさき立って、私はちょっとここで断っておく。もしユリア夫人の自負心と虚栄心があれほど激しくなかったら、あの悪人ばらがこの町で仕出かしたようなことは、起こらなかったに相違ないのだ。これについては彼女に大部分責任があったのである！」

悪魔は人間の自負心を巧みに操作して、巧妙な人間破壊を試みる。そこにはルチフェロという地獄の帝王自身、その高慢によって地獄におとされたことに対する神への憎悪に由来するルサンチマンがある。

ところでこのピョートルの正体を直感していたものがいたということを、ここで改めて述べておく必要があるかと思う。レムブケーだ。

レムブケーの檄文のコレクションをピョートルが持ち去ったことを聞いて、ユリア夫人が激しく彼を責めた時、レムブケーは一体ピョートルとは何者かと聞く。それに対して、夫人の述べたのは、ピョートルは自分に心酔する寵児だとしてその虚栄心に映ずるピョートルの姿だった。レムブケーはそれ以上は踏み込めなかったが、ピョートルに対してあれは何者かという不気味なわだかまりを持ったのだ。

ここで語り手がなぜレムブケーについてその紙細工趣味などながながと語ったかが明らかになるだろう。

自分に降りかかって来る運命と闘うことはなく、紙細工の世界と云う、いわば一種の子供じみた遊びの世界に入り込むことで不運を超えるというのが、この未発達の魂の知恵なのだ。彼には現世的な虚栄心や高慢さなどはない。だからこそ、彼はユリア夫人のピョートルに対する態度の中にある奇怪なものを直感したのだ。そして、その直感はやがて現実のものになるのだがその時には彼は精神的に異常をきたすということになる。

第十章　祭りという、実は悪魔の操作する破壊の饗宴

1　重大な転換点の到来（I）

ユリア夫人は、県内の女性家庭教師のため、祭を計画するが、これこそピョートルにとっての秩序破壊の為の格好の饗宴に他ならなかった。祭りという、一種の無礼講の世界、道化が王の座を占める価値転倒のカーニヴァル的世界、いかなる祭にもそのような要素は入り込む。ましてこの祭りはピョートルを中心とする秘密グループにとっては絶好の悪魔的破壊工作のチャンスだった。

リプーチンは県内の独立した新聞の編集係、令嬢たち、それにカルマジーノフといった顔ぶれ。予約の申し込みは大変なもので、身分階級を問わず、そこに民主的な雰囲気が生まれた。会場の問題ではヴァルヴァーラ夫人が自分の邸宅の提供に熱心なのが不思議だと語り手はいう。あの誇り高きヴァルヴァーラ夫人らしからぬ態度だが、それはユリア夫人がニコライ（スタヴローギン）に身を低くして愛嬌を振りまくのが気に入ったのだろうと語り手は推測する。語り手はあからさまには、触れてはいないが、兎に角此の頃から、ヴァルヴァーラ夫人

の態度に大きな変化が現れて来たのは確かなようだ。それはピョートルの暗躍とひそかに連動しているものだと思う。

さてピョートルはニコライについて一種の観念を知事夫妻に植え付けることを始めていた。それは「ニコライはあるきわめて秘密な社会にきわめて秘密な関係をもっていて、この町へも何か使命を帯びて来たに相違ない。」というものだった。これは暗に彼自身とニコライ・スタヴローギンとのあいだに秘密の関係ありと仄めかしたものといえるだろう。

語り手はこのころこの街の雰囲気の変化に就いて述べている。

2　破壊こそ善であるという風潮を醸し出す（I）

「一種軽佻な気分」が顕著になり、「放縦なさまざまな思想」が到来したかのごとく、「馬鹿げて陽気な軽々しい気分」が街を襲ったというのだ。ユリア夫人の周囲にグループが形成されたが、そこではさまざまな悪戯をすることが憲法のようになっていたというのだ。

悪戯は夫婦者、特に若い新婚の夫婦者に対してなされたが、このグループは騎馬でもって出かけた。ピョートルやリプーチンはコサック馬に乗ってばか騒ぎの現場に赴いた。フォン・レムブケーが腹を立て、ユリア夫人もそれに同調したが、ピョートルの弁解とカルマジーノフの機知のあるシャレでユリア夫人は許した。しかし許すことのできない悪ふざけが起きた。

福音書を売り歩く行商の女の本を買うふりをして、リャームシンが神学校生徒とはかって外国製のポルノ写真を女の袋の中に忍ばせたのだ。女が町の勧工場で聖書を出したとき、それがばらばら散乱した。群衆の哄笑、いまや殴打されかねなかったが、警官が来て女を留置場に入れる。マヴリッキイの尽力で女は釈放された。

ユリア夫人は今度こそリャームシンを放逐しようとしたが、その晩連中がリャームシンを連れて来て、彼の一種特別なピアノ演奏を聞いてくれと懇願した。リャームシンは『普仏戦争』と云う曲目で始めたが、なるほどそれはいかにも奇矯なピアノ曲だった。

最初はいかめしいマルセイェーズで始まるが、どこか隅っこの脇の方で **Mein lieber Augustin**（わしの愛しのアウグスチン―ドイツの俗曲）の野卑な響きが聞こえて来た。リャームシン演ずる曲はフランス人の誇りともいうべきマルセイエーズを、このドイツの俗曲の野卑な響きが次第にのっとって、遂にはそれを呑み込んでゆく、滑稽ともいえる角逐なのだ。リャームシンはそれをこれぞとばかり、演奏してゆくというものだ。

これは言うまでもなく、普仏戦争（一八七〇―一八七一）のパロディだが、プロシャを表象するのに、野卑な俗曲を持ってきたところが面白い。終曲はマルセイェーズが暴慢な『わしの愛しのアウグスチン』に食い下がられ、次第に消ゆるになんなんとしている。マルセイェーズはすっかり諦めてしまった。「それはちょうどビスマルクの胸にだかれて慟哭しながら、なにもかも投げ出してしまったジュール・ファーブル（Jules Favre〔一八〇九―一八八〇〕フランスの政治家・弁護士）のようだった。こうなると、アウグスチンはますます猛威をふるった。しわがれた声が聞こえ、めちゃめちゃにビールをあおりつけたようなもの狂おしい自己喝采や、幾十億の償金、細巻きのシガー、シャンパン、人質――こういうものの要求が音響の中に感じられた。やがて、アウグスチンは猛烈な叫喚に移ってゆく」

ドストエフスキーにしてこのような音楽を言葉に移す風刺的遊びの文章があるのは、極めて面白いことだ。リャームシンはこうしてユリア夫人の取り巻きに戻ることを得た。この曲はある才能ある青年の作なのだが、リャームシンはそれを剽窃したといわれている。その青年はしばらくこの町に滞在していたが、その後の消息は分からない。

このリャームシンはやくざなおどけ者で、ステパンの家の集まりでは物まねで皆を笑わせた。ステパン氏を「四十年代の自由思想家」という名目であくどいカリカチュアに描いて見せて、一同を笑い転げさせた。こうしてかれはユリア夫人にとって必要な存在になったのだ。その彼はピョートルにおもねった。ピョートルはこの頃になってユリア夫人にひとかたならぬ勢力を奮うようになった。

語り手はこんな男のために時間をつぶす値打ちはないが、と断ったうえで彼の行った忌まわしい事件についてはは言わざるを得ないとしてある事件について語った。町の古蹟の聖母誕生寺の塀に金網をはってはめ込んだ大きな聖母像が壊され、宝石、ダイヤが抜き取られたという事件だ。しかしなによりもひどいのは壊れたガラスのなかに生きた二十日鼠が入っていたということだ。当時は此の犯罪は懲役人フェージカとされたが、いまでは二十日鼠を入れたのはリャームシンだとされている。

この事件は官憲にもショックを与えたようだ。百人ぐらいの群衆が集まり、近よって聖像に接吻をする、喜捨するものも出て来た。

ここで語り手はこの事件の県知事フォン・レムブケーに与えた印象について語っている。ユリア夫人はこの事件の後、夫の顔に妙に意気銷沈した心持が現れ始めたのに気付いたという。彼は二か月前病気ということでこの町を去り、短い行政官生活ののちスイスで休養しているのだが、そこでもこの表情は彼を去ることはないに違いないと語り手はいう。

この事件から、フォン・レムブケーの精神異常の発生までのあいだに、町の秩序の崩壊というピョートルの意図の実現が起こることになるのだが、フォン・レムブケーの顔の表情の変化は、実は早くもそれを予感したものであったに違いない。この高潔な人物には（語り手は彼を高潔な人物と呼んでいる）悪魔的なものへの本能的な直感を有していたに違いない。

この悪戯で汚された聖母像のところに、リザヴェータがマヴリーキイと馬でやってきた。それより前にきていた二人の青年の一人が膨らんだ財布から一カペイカ取りだし、ぽいと喜捨皿の上に放り出したのを見るや、リザヴェータは顔を紅潮させ、馬から降り，膝まづき、耳のダイヤの耳輪を外して皿にのせ、馬で走り去った。

この事件の二日後、セミョーン・ヤーコヴレヴィッチという名高い予言の聖者をおとずれる団体があった。馬車に乗っている。語り手もそれに乗り込む。

聖者は奇矯な予言を参詣する信者に与えるというので人気を集めていたのだ。特に旅人は奇矯な一言を受けたいため拝んだり、喜捨したりした。金は寺に送られる。そこで聖母誕生寺からひとり僧侶が来て、絶えずセミョーン聖者の張り番をしていた。団体にはリザヴェータ、マヴリーキイ、騎馬のピョートル、スタヴローギンも参加していた。誰も聖者を見たことはない。ただリャームシンだけかつて一度会ったことがある。そのとき、聖者から箒で叩きだせといわれ、さらに背後から茹でたジャガイモを二つ投げつけられたという。

一同はその聖者のもとに赴く途中、ピストル自殺をした旅人の出た宿屋に立ち寄った。自殺者を見ようというのだ。ひとりの婦人が「もう何もかもすっかりあきあきしてしまったから、気の紛れることなら、ちっとも遠慮することはないわ、面白くさえあればいいじゃないの」と語ったのを覚えていると語り手はいう。一同は強い好奇心から自殺者を眺めた。

語り手は「一般に、すべて他人の不幸は、いかなる場合でも、傍観者の目をたのしませるようなものを含んでいる」とも語っている。語り手はこの若い自殺者について、容貌、自殺に至る行動を詳述して行くのだが、そのわずかな紙数のうちに、その自殺者が自殺にたいしてなんら苦渋をみせることなくして自殺に滑り込む安易さに、時代の退廃を見ている。それは、若者の遺書の中に三カ所文法的あやまりがあるという指摘にも現れているといえよう。

このあとこの自殺をめぐって意見が飛び交うが、ある男が、自殺の流行を嘆いていった。

「まるでみんな根が切れてしまったか、足もとの床がわきへ滑り抜けてしまったかなんぞのようだ」

リャームシンは、ここで相変わらずの道化ぶりを発揮、自殺した若者の遺した葡萄をひと房とりあげた。警察所長が来て一同は退去する。それから一層浮き浮きした気分で評判の聖者の元へと赴いた。

この聖者は何と云う奇怪な聖者だろう。グロテスクといってもいい。この聖者に聖なるものは感じられない。というのも聖者の言動は全て肉体的なものによって満たされているからだ。この聖者には、モデルがあったという。それはユローディヴィ（宗教畸人）だという。そのモデルを反映して、いかにも狂人めいているが、だがユローディヴィの言葉は神の言葉ともあるように、民衆はそれを有難いものとして受け取ったのだ。これは一種の観物でもあって、双眼鏡持参でやってくるものもいる。聖者は有難い説教などしない。かわりにお茶や、砂糖を悩みを訴える信者ごとにそれぞれの分量を与えるのだ。そこにはそれなりの意味が込められているようだが、それも謎めいているところが人気を呼ぶらしい。時々、僧侶が説明を加えたりする。

突然聖者はマヴリーキイを指さして砂糖入りのお茶をやれといった。マヴリーキイはそれを飲もうとする。その時、リーザがマヴリーキイにひざまづけと命ずる。マヴリーキイはひざまづく。聖者は膏をと呟く。リーザは顔色を変え、ヒステリカルに叫んだ。起きなさい、いますぐというのだ。

聖者は「色目をこととするやからじゃ」を繰り返した。そのとき聖者のお託宣を待っていた女がまたそのことをいう。聖者は露骨極まりない卑猥なことばを女に投げかけた。それは恐ろしいほど獰猛な勢いで発せられたので、男たちはキャッキャッと笑い興じた。

これを機に一同はそこを引き上げるが、そこでリーザとスタズローギンのあいだに奇怪なやり取りがあったと語り手は伝えている。語り手自身は見ていなかったが、二、三のものの話ではリーザがスタヴローギンの顔を叩こうとしたのを、彼が避けたのを見たというのだ。語り手はその話の真偽に疑問を呈しつつ、ただ青ざめたスタヴローギンの表情を回想している。

3　重大な転換点の到来（Ⅱ）

話は一転し、ヴァルヴァーラ夫人とステパンの関係になるが、ここで驚いたことに、あれほどステパンを親身なものとして処遇してきた夫人がステパンと縁を切るといいだしたのだ。このことは、従来あまり指摘されてこなかったことだが、ここでの夫人の突然の変貌は、実はこの『悪霊』においてヴォードヴィル的転換の存在を意味する。

ヴォードヴィルではプロットの中心にこのような転換が仕掛けられている。それは、悲劇から喜劇への転換に他ならない。『スチェパンチコーヴォ村の住人』においても、自称天才フォマーがロスタネフ大佐と仲たがいして飛び出すが、途中でその人格に転換が起きて、めでたしで終わるのだ。

『悪霊』において、ヴァルヴァーラ夫人の人格転換はピョートルの影響による。そのことはステパンの言葉に明らかだ。これは祭自体を悪魔的ヴォードヴィルに転落させることを狙った、ピョートルの謀略に他ならない。

ピョートルはヴァルヴァーラ夫人を取り込みさらにユリア夫人の虚栄心、自己顕示欲を極度に高めていった。ユリア夫人は自己を特別に選ばれたものとしていわば聖別までするに至った。

語り手はプーシキンの『英雄』（一八三〇）という詩の一節を借りて、その狂信ぶりを描いている。いわば完全に悪霊の手中に落ちたというわけだが、本人はそれが自身の生命の絶大な輝きだと思い込んでいる。このユリア夫人の自惚れの頂点にのぼりつめた心境を描写する語り手の文体はかなり辛辣なものであり、戯画化した文体であり、この作品の表層構造をなすヴォードヴィルにふさわしい文体といえるものかと思う。そういう観点からいって、面白いものだ。

語り手は夫人のうぬぼれの頂点に達した様を、皮肉たっぷりに叙述してから、「種々雑多な影響の翻弄物」たる夫人が、自分こそ影響に翻弄されているという真の姿を見るのとは、全く正反対にその影響こそ自分に救済を求めているのだと、あたかも自分こそこの乱れた世界の救世主であるかのような誇大な妄想にはまりこんださまを描いている。

「彼女は運命の急変と同時に、とつぜん自分を何か特別な選ばれたる人のように感じ出したのである。丸で『焔の舌が頭上に燃え上る』膏ぬられたる人のような気がしたのだ。この焔の舌が禍のもとなのである。なんといっても、こいつは付け髷のようなものと違うから、どんな女の頭にも自由にくっつけるわけにはいかない。しかし、この理を婦人に説得するのは何よりもむずかしい。ところが、その反対に、女に相槌ばかり打つものは常に成功疑いなしである。人々は争って夫人に相槌を打った。不幸な夫人はたちまちにして、種々雑多な影響の翻弄物となった。が、それと同時に、当人はどこまでも自分を独創性に富んだもの、とうぬぼれているのであった。

　夫人の短い滞在期間に、狡猾な連中が彼女の周囲にうようよと集まって。その人のいいところを利用して、ふところを温めた。しかも、独立不羈という美名のもとに、どんな乱脈が演じられたことか！　大農制度も、貴族的分子も、県知事の権力拡張も、民主的分子も、新施設も新秩序も、自由思想も、社会的理想も、貴族のサロンにおける厳正な調子も、自分を取り巻く若い連中の居酒屋式の磊落な態度も、ことごとく夫人の気に入ったのである。彼女は人間に幸福を与え、和し難きものを和せしめようとした、というより、むしろ夫人自身の人格崇拝というものの中に、ありとあらゆるものを結合しようと空想したのである。」

　この一切をいわば抱擁しようという思い上がりが、悪魔からすれば、実に好都合なものとなるに違いない。そこでは善も悪もひとしなみに受容されてしまう。これは裏返しにされた神の否定であり、夫人自身いわばアンチ・キリストとして変貌を遂げたということになる。いうまでもなく、夫人にそうした神への反逆といった厳しい意識があろうはずはないが、かえって無邪気に一切を受け入れる彼女自身の自己満足には、悪魔に取って好都合な舞台であったに違いない。

　ピョートルが彼女に追従の限りを尽くしたというのも偶然ではない。語り手はさらにピョートルの狡猾な目論見に就いても語っている。その結果ピョートルは彼女の最大限の自己満足の欲望の中にしっかりと食いこんでしまったのだ。それは彼が重大な社会的陰謀の加担者のひとりであり、その陰謀の実行というときに、ピョートルを回心させる、それで社会の危機を救って、自らは救世主となって尊敬を恣《ほしいまま》にするようになるに違いないという空想が憑依となって彼女の心深く根を下ろしたというのだ。

「ピョートルは時に沈黙をもって、時にほのめかすような口吻をもって、夫人の奇怪な想像の助長に努めた。彼女の想像によると、ピョートルはロシアにおけるすべての革命分子と関係を有しながら、それと同時に、崇拝といっていいくらい夫人に信服している青年なのであった。陰謀の暴露、中央政府からの讃辞、昇進、いざという瀬戸ぎわで引きとめるために、愛をもって新しき世代に感化を与える方法、——こういうものが夫人の幻想的な頭の中に、すっかりこびりついてしまったのである。

実際、自分はピョートルを救ったではないか、彼を征服したではないか（夫人はこのことをなぜか固く信じ切っていた）。それだのに、どうしてほかの者をも救えないわけがあろう？彼らは誰一人、全く誰一人として堕落はしない、みんな自分が救って見せる。自分は彼らを一々種類わけして、それをすっかり報告してやる。自分は最高正義の標準によって行動するのだ、もしかしたらロシアの歴史、ロシアの自由思想界があげてことごとく、自分の名を祝福するようになるかも知れぬ、とにかく陰謀は暴露されるのだ。一挙にしてあらゆる利が得られるわけである。

しかし、夫レムブケーに異変が起こっていた。夫はなにか気鬱症にかかっていた。ここで夫人はまた重大な過ちを冒したのだ。こともあろうに、ピョートルに「彼独特の鎮静剤的な効能を持った方法で」その気鬱散治を依頼したのだ。

何という愚かしい行動だろう。気鬱症の原因は他ならぬピョートルなのに、その本人に治療を頼むとは、ピョートルから見れば狼に羊の番を頼むようなもの、滑稽極まりない。

ところでレムブケーの鬱には或る原因があった。それはある少尉の身の上に起きた奇怪な事件だ。酒席の席で上司から譴責を受けた時、上司に殴りかかり、肩にかみついたというのだ。男の行動が暴かれる。少尉は聖像を破壊し、かわりにフォヒト、モレショット、ビュヒネルの著書に燈明を揚げたというのだ。かれの所から檄文が多数発見された。

ここで注意しておきたいことは、ピョートルが陰謀の加担者の一員ということは、彼自身が夫人にことごとに仄めかしたという点だ。しかもそれは真実なのだ。なんというけ図図しさか。ここには悪魔特有の嗤笑がある。ピョートルの手のうちで翻弄されるものが、ピョートルを回心させようという愚かさを嘲笑しているのだ。

語り手はしだいに社会が乱れ始めているのを伝えている。火事が多くなった。犯罪が増えて来た。それらに対して、ユリア夫人は寛大だった。犯罪と見做されるべきものが、大目に見られた。

県知事たるフォン・レムブケーの愛読書はヴォルテールの『キャンディッド（Candide）』ではなかったかと思う。彼は緊急の状態で『キャンディッド』の冒頭の部分を読む。

この一八世紀にヴォルテールによって書かれた不朽の名作は、キャンディッド（candide無邪気な・純真な）という名前の主人公が、城を追い出され、放浪して様ざまな苦難を体験したあげくに、「おのれの庭を耕せ」という金言で終わることはよく知られている。

このナイーヴさをなお持ち続けている知事フォン・レムブケーは、このヴォルテールの小説の主人公と共振する所があったのだろう。この純真な知事から見れば、ピョートルは必ずしも信のおける人物とは思ってはいないのだが、そのことを言いだすと専制的なユリア夫人にはたしなめられ、あるいは手痛い反論にあっけなく跳ね返されて泣き寝入りに終わる。

レムブケーには小説を書く趣味があった。また檄文のコレクターでもあった。ピョートルはその小説の原稿を借りて行き、落したといっては、レンブケーーの肝を冷やす。また檄文のコレクションを持っていってしまう。レムブケーは新しい思想に関心があり、そのため集めたものだが、逆に利用されることになる。

ところでユリア夫人は野心家であり、女性家庭教師救済の為、祭りを計画する。

しかしこの祭りをきっかけに破壊は大きく広がることになる。この祭りこそ、ピョートルが混乱を仕掛けることになる『悪霊』版ワルプルギスの夜に他ならなかったのだ。

ヴァルヴァーラ夫人もまたこの県での最も有力な女性だが、ピョートルは見事に彼女をも取り込んでしまう。さらにヴァルヴァーラ夫人と自分の父親ステパンの堅いはずの友情をいとも簡単に捨てさせてしまう。ピョートルのステパンという父親に対する残酷な扱いは、狡知を極めたものだ。

ステパンのダーシャとの結婚話にたいする疑惑に苦しむ父の告白の手紙をすっぱぬく。ヴァルヴァーラ夫人が態度を一変させ、友情なんて体の良い飾り物に過ぎないというのだ。そして気位の高い、あの貴婦人がすっかり気紛れな、社交界の夫人となってしまう。

それはステパンが二十年このかた見慣れた夫人とは異なっていた。夫人は契約を提供する。一年三千ルーブリを与える、何処にすんでもいい、ここの土地でもよいが、この家ではいけない。養老院のことまでも話題になるという始末。夫人はいう。今後は別々に暮らしたい、友情なんかは体裁のいい飾り言葉にすぎないのだ。

愕然としたステパンは、すべてあなたのいうことは他人の口真似ではないのか、あなたも太陽の住人になったのかとせめるが、夫人は動じるどころか、シスチンのマドンナ（ラファエロ作、ドレスデン）論議がでると、夫人はいう。今時のひとはマドンナに夢中にはならない。それは証明されている。あんなマドンナなどなんの役にもたたない。このコップ、この鉛筆は有益なもの。さらに慈善についてそれは法律で禁止すべきもの、なぜなら新しい社会組織では貧乏人はいないと口走る。これはチェルヌイシェフスキー流の芸術否定論だ。そこでステパンはもう新しい社会組織にまで行ってしまったのかと新思想による汚染の激しさ、速さに驚く。そういうステパンをみな攻撃していると夫人はいい、カルマジーノフ、先にもふれたようにツルゲーネフのパロディについての論議となり、夫人が国家的人物というのにたいして、ステパンは時代遅れの女の腐ったような奴と酷評する。——夫人はすっかりピョートルに洗脳されてしまったのだ。

この夫人のステパンへのいわば断交宣言は、この小説の大きな転換点になる。ステパンは危険思想の持ち主と見做され、家宅捜査までおこなわれ、文学講演会でのステパンの立場は決定的に苦しいものになり、その放浪、死へと運命は暗転してゆくからだ。

4　破壊こそ善とする風潮を醸し出す（Ⅱ）

ピョートルの秩序破壊の工作はあらゆる面にひろがる。社会崩壊の道は様々だろうが、社会道徳、秩序、礼節といった社会風潮の頽落はその一つのシンボルだろう。祭りに先立って、その雰囲気の醸成にも抜け目がない。その中心は聖なるものの冒瀆、蹂躙というものだ。このような風潮の崩落は知らず知らずのうちにひとびとの心を侵略してゆき、気づいた時は手遅れという事になる。

県内の女性家庭教師のための祭りはたびたび延期され。町の婦人社会では軽佻の気分が漲ってきたという。こんな話が広まる。福音書売りの女の袋に外国製ポルノがこっそり投込まれる。彼女が勧工場で聖書を出すと、それが一緒に散乱したので、群集は騒ぎ出し、女は留置場へ連行されるといった事件である。それはリャームシンの悪戯だった。このリャームシンというのが、この小説のなかでは、いわば悪霊的道化を演ずる。この反転した世界ではさまざまな道化的存在が跳梁するが、リャームシンはそのなかでも極めて才能ある道化といっていい。ユリア夫人はそのあくどい悪戯を怒って、リャームシンを放逐しようとするが、リャームシンは「普仏戦争」を題材にしてピアノを演奏する。プロシャ勢は「わしのいとしのアウグスチン」、フランス勢は「ラ・マルセイエーズ」のメロディーで表わされ、両者の絡み合いの演奏はなかなか見事なものだった。最初は「ラ・マルセイエーズ」の勇壮な軍歌が優勢だが、次第に混戦となり、遂に「わしのいとしのアウグスチン」の猥雑なメロディーにとって換えられる。ここでも国歌というういわば聖なるものが踏みにじられ、悪魔的なともいいたい嘲笑によって終わる。ここでリャームシンは面目を施すことになるのだが、リャームシンの悪魔的才能は、さらにそのものずばり聖なるものに対する醜悪な冒涜事件を引き起こす。聖母誕生寺の塀の門際に掲げられたマリアのイコンの厨子が壊され、ガラスのなかに二十日鼠が入れられていたという事件だ。人間自身の手による冒涜にもまして、より悪意ある冒涜といえるだろう。これはひとびとにショックを与え、フォン・レンブケーに暗い影響を与えることになる。

この倒錯した世界では自殺も一つの見せ物になる。又自称聖者も出現する。彼は川向うの商人セヴァスチャーノフの家の離れに住んでいて、信者を集めている。ひとびとはそこへ三台の幌馬車で出かけるが、そのなかにはリーザもマヴリーキイも乗っている。ピョートルとニコライが騎馬姿で現れた。その途中、自殺者の見物をしようということになった。十九歳の青年で、ピストル自殺の理由は金の浪費という事だった。自殺の現場をみる。ある男が言う。何故ロシアでは縊死やピストル自殺が頻発するのか。根が切れたか、足元の床がわきへ滑りぬけてしまったようだ。ここでも道化リャームシンは自殺者の霊に対して、あくどい悪ふざけをする。青年の食べ残した皿の葡萄を引っ張り出す。そのあと一同の気分が一層浮き立つのだ。平凡な日常から、異常であればなんでもOKという心理が瀰漫しだして、混乱の出現を望むことにさえなりかねない。やがて聖者の下へ到達する。セミョーン・ヤーコヴレヴィッチというその男はひとびとが訴えるとそれに応じて突飛な指図をする。それは砂糖をやれというもので、ひとによってその量が異なるのだ。この奇妙な聖者訪問は、一人の女性にたいする聖者の露骨な卑猥な罵声によって惹き起こされた、男たちのホメーロス的哄笑でおわるのだが、いかに聖なるものも退屈しのぎの見せ物に堕しているかを現わした一幕といえる。これはモスクワのある有名なユローディヴイ（宗教畸人）をモデルにしているというが、ドストエフスキーの手によって、いかにもヴォードヴィルの一場面にふさわしいものとして破滅的祭りのいわば前奏曲として仕上げられている。

以上ニヒリストらによる社会秩序破壊の、かなり露骨な進捗を見たが、かならずしも直ちにそれがニヒリストの仕業とは思えない巧妙さもそこにはあったようだ。

イコンの額縁の中に二十日鼠が入れられていたという甚だしく冒涜的な悪戯にしても、当初は脱獄囚フェージャの仕業とされていた。

もっとも破壊的なニヒリストは、もっぱら裏工作に専念して目立たたないようにふるまっているか、あるいはリャームシンのように道化的韜晦を隠れ蓑として笑いの中に既成秩序のそれとなき破壊の快楽を忍び込ませるかである。リャームシンは実はピョートルの作った秘密組織五人組の一員なのだ。この組織がインターナショナルの一環で、噂では外国では既に出来ている組織だとも言われるが、ピョートルがその工作員かどうかは分からない。ただこのリャームシンや、リプーチンなどはピョートルがこの地方にやってくる前にあらかじめ組織されていた五人組の一員だ。

ところでピョートルの五人組に対する態度は通常の組織者とは全く違うかと思う。一般的に組織者は組織の成員に対しては統率という理念のもとに臨むものだ。組織の目的達成に向けて、戦略戦術が練られ、成員の一致団結した協力によってもっとも効果的な方策が選び取られることになるだろう。しかしピョートルのリーダーぶりは全く異なったものだった。彼は二度ほど会合に出たことがある。一度は五人組のひとりヴィルギンスキーの名の日の祝いのときで、会合はその家でおこなわれた。二度目は五人組のメンバーとの会合で、祭りの終わった後の会合で少尉補エルケリの家でおこなわれたものだ。

最初のものは祭りの前、二度目のものは祭りのあとだ。その性格はガラッと変わるが、本質的にピョートルのそれに臨む態度は変わらない。最初からなんらかの目論見があって、その実行は既にかれの頭の中で決定しているという専制的態度だが、一方で、ちゃらんぽらんに見える態度を伴うところがいかにもピョートルなのだ。リーダーらしからぬ、ずぼらな投げやりな態度は、会員の不信を買わずにはいないが、しかしそんなところにも彼の抜け目なさはちゃんと潜んでいるようだ。言い換えれば相手を無警戒にさせて、相手の反応、相手の本音を探る奥の手とも見える。時に相手の虚を突くことも忘れない。それをこの二回の会合に見てみようか。

第一回はヴィルギンスキーの名の日祝いである。これは五人組の会合というよりは、十五人ほどの雑多な人たちのあつまりで、五人組とは関係のない人たち、中学教師とか、例のイコンに悪戯をしたリャームシンの相棒をつとめた神学生、中学生までいる雑多な集まりだ。

スタヴローギン、キリーロフ、シャートフも同席する。そこで活発なのはヴィルギンスキーの妹だ。女学生でことごとに古い習俗には激しい否定を以て対するのだが、宗教の起源を説き、家庭についても同じようなものと説く。それに対してスタヴローギンが疑問を呈する。他の連中がそのやり取りを聞いていて嘲笑する。その時助産婦のヴィルギンスカヤがスタヴローギンに、「ヴォードヴィルでも書いたら」というのだ。このヴィルギンスカヤの言葉はなかなか面白い。

一体なぜ彼女はそれまでの話題から全く飛び離れたことを言いだしたのか。思うに、それまでの対話の馬鹿馬鹿しさにヴォードヴィル的なものを感じていたのではないか。女学生を批判したスタヴローギンにヴォードヴィルでも書いたらというのは、この辛辣でニヒリストだが、極めて現実的な助産婦からみて、ニヒリスト風を吹かす若者の青臭い現実否定などは滑稽にみえたのだろう。そこから発せられた痛烈な皮肉なのだろう。『地下室の手記９』で一カ所だけヴォードヴィルに触れている。ヴォードヴィルには否定はないというのだ。「苦痛というやつはたとえばヴォードヴィルなどにはご採用にはならない。それはわたしも承知している。水晶宮の中となると、そんなものはてんで考えることもできない。苦痛は疑惑であり否定であるが､疑惑の余地のあるものだっ､それはもはや水晶宮でもなんでもないのだ。」

ヴィルギンスカヤのスタヴローギンにヴォードヴィルでも書いたらという言葉は彼女がス

タヴローギンに、ヴォードヴィル作者の才能を認めていることを示すが、それは女学生の議論をヴォードヴィルという軽喜劇に転換してみせよということなのだろう。

ヴィルギンスカヤは無限の自由を求めて、無限の専制に至るという名文句を吐いたシガリョーフとは近親関係にある。革命についての認識において、とても女学生の及ぶところではない。

このやりとりは、スタヴローギンという謎めいた人物の奥深い衝動に触れた重要な指摘ではなかったかと思う。キリーロフもその場にいたから、その対話は聞いていたはずだ。とすれば、キリーロフが自殺直前口走る〈悪魔のヴォードヴィル〉もそのようなヴィルギンスカヤの発言の延長線上にあるものともとれる。

それはさておいて問題はこの名の日の祝いの会合は、馬鹿馬鹿しく、いかにも騒然たるポリフォニー的カーニヴァルだったということだ。ピョートルなどまったくそこに何等の情熱も示さず、鋏を借りて爪を切ったり、コニャックを要求したりしてまるで冷淡に振る舞っている。五人組のひとりシガリョーフがその独特な変革理論を披瀝し、それをめぐっていろいろ議論されるが、ピョートルはその理論の迂遠さをけなし、破壊こそ実行すべきと強調する。だれかスパイがいるのではないかという話になり、その時シャートフが出て行き、スタヴローギン、キリーロフも続いていて出てゆく。

秘密結社といいながら、ピョートルがそれを取り仕切っているとは見えない。しかしピョートルはその時のシャートフの態度のなかに裏切りという虚構の口実をでっちあげる。無関心を装いながら、実にポイントは抑えるピョートルの狡知が伺えるではないか。

第二の会合は祭の後、五人のメンバーは祭を契機に起きた惨劇の数々に激しく動揺していた。だがピョートルは遅れに遅れて会にやって来る。メンバーのピョートルを待つ苛立ちの中で、ピョートルの専制に反旗をひるがえし彼の手を離れて、より建設的な理念のもとに新しい会を結成しようと話し合いだす。やってきたピョートルは雰囲気を察し、たくみに一同の気持ちを、シャートフ殺害に向けて同意させてゆく。彼にとっては最初に結論ありきで、その結論に向けて弁証すればよいという事なのだ。この弁証の過程は面白いものだ。ところで以上見て来たピョートルの破壊に導く戦略戦術の核心をなすものはなにか、ここで改めて考えて見たい。その自在と見える他者の操作術になにか秘訣というものがあるか。

5　ピョートルの他者操作の秘訣

ゴーゴリの『検察官』は、ある青年が地方のホテルに泊まる。この一文無しの青年が検察官と推定されてその地方の市長をはじめ、権力者たちに、思いがけない豪華な歓待を受けるという話だ。この名作の不朽たる所以は、喜劇性の中核を人間の心の機微に見出したところにあるだろう。幽霊の正体見たり枯れ尾花ではないが、人間はなにか強い固定観念にとらわれた場合、対象を見る目をそうした固定観念で染め上げてしまうことになるだろう。貧寒とした青年を中央から派遣された隠密の検察官と思いこむ滑稽な錯誤の原因は、この地方の長官達の後ろめたさにあったろう。ひとたび、思い入れたとなると、今度はその思い入れ自体増殖しひとり立ちしてゆくので、それから離れることは非常に困難になる。青年の一挙手一投足に固定観念から連想される意味を見出すことになる。まずはピョートルの人心操作術とは方法として捉えられた『検察官』の手法といえる。これはなによりもピョートルのユリア夫人掌握についていえるものだ。

ピョートルの場合相手に応じて自在にその対応が変わるというのも、相手の持つ固定観念がいかなるものかによってである。特にこの方法は上流階級の人たちには極めて有効なものだ。さらにこの方法はその系として嘘をいう、沈黙、暗示、脅し、いなおり、揚げ足取りなどをともなう。ピョートルの場合、言葉に責任を取ることはない。徹底した言語上のマキャヴェリストといえるだろう。また大衆操作という点でもピョートルの方法は興味深いものがある。さり気なくうわさを流す、檄文を利用する、匿名の手紙を利用するといった、群集心理を巧みにとらえたものだ。

しかしピョートルの狡知の全貌を捉えることはなかなか難しい。陰謀というものが、元来秘密裡に行われるものだからだが、特に無頼の徒にたいしてはいったいどのようにして、かれらを動員するのか。さらにエルケリの場合のように、純潔なこころを一挙に心酔させてしまう、いわば洗脳の秘密は何処にあるのか。それがピョートルの持つカリスマ性によるものなのかどうか。ピョートルの弁論のおそるべき闊達さが若い柔らかい心を魅了するのか。ここには変幻自在なピョートルの、恐るべきもう一つの顔があるのかもしれない。エルケリはピョートルの国外脱出を見送るただ一人の仲間だが、彼はピョートルが立ち去った後、見送る自分に対してあまりにもそっけないピョートルの態度に心を悩まされる。なぜか。その時までは、自分だけはピョートルが特別に目をかけてくれていたと思い、ピョートルは全てで自分は無とまで心酔していた純な心が打撃を受けたのだ。打撃をうけたというのも、そのときはじめてピョートルという悪魔的道化の素顔にふれたからではないか。

6　ニヒリズムの乱舞する悪霊的空間「祭り」

『悪霊』における祭りはいわばニヒリズムによって汚染された人間によって、放恣な否定や嘲笑の乱舞する祝祭空間となった。語り手はなにか起こるという強い不安をもってそれを迎えた。それもそのはず、これまで述べて来たピョートルの奸計が、この祝祭空間をめざして準備されてきたことを語り手は体感してきたからだ。しかし、事態は最早とどまらない。

こうしてそれは破壊的混乱を極め、終息することになる。

祭は二部に分れ、正午から四時までの文学部では、カルマジーノフ、ステパン、もうひとりマニヤックな男が登場した。雑多な入場者がやって来る。講演の始まる前に、いきなり大男が壇上に飛び出してきた。レビャートキン大尉で、酔っぱらっている。リプーチンが大尉に何かささやき、大尉は姿を消す。かわってリプーチンがこの企画に共鳴したある詩人の作を朗読会の始めに当たって、ぜひ朗読したい、戯れ詩だが、真摯な心情のこもっているものだといって、リプーチンは聴衆の賛同を得て、読みだす。それは実はレビャートキンの作った戯れ詩で祭りの趣旨である女性家庭教師の激励どころか、それをお茶らかし、低俗な駄洒落で喝采を得るというもの。どうやらそれはリプーチンの画策の様だった。そのあとユリア夫人の親戚という作家カルマジーノフが登場する。これがツルゲーネフをモデルとしたものという事は、よく知られている。ドストエフスキーは思いっきりこの作家の戯画を描いた。カルマジーノフとはロシア語のカルマジーン（昔の赤いラシャのうす布）から作られたものだが、既にその名前に戯画化がほどこされている。ドストエフスキーの戯画化はこの作家の虚栄心、ナルシスムス、進歩派への諂いの身振りを徹底的に嘲笑してみせるところにある。

カルマジーノフの後を受けて演壇に立ったステパンはシェイクスピアか靴か、ラファエルか石油か、それが問題だとし、シェイクスピアやラファエルは、農奴解放、国民性、社会主義、若い世代あるいはほとんど全人類より尊いと叫び、ステパンは泣きだす。神学生が飛び出してきて、ステパンがカルタ賭博の借りを、その下男フェージャを兵隊に売り飛ばした金で払ったという事を暴露した。ステパンは激しい罵声を浴びて降壇をよぎなくされる。不穏な会場の雰囲気は次の講師の登壇で爆発した。

それはマニヤックな男で当代ロシアを弾劾し、演壇から無理やりに引きずりおろされても、又登場しては引きずりおろされ、それを救おうと十五人の男たちが押しかけるという大混乱を惹き起こす。代わって壇上に飛び出して来たのがヴィルギンスキーの妹の過激な女学生だった。

二部は夜の十時からだが、ユリア夫人は止めたいと思う。夫のレムブケーの精神状態は甚だしく不安定になっており、また夫を操る女とユリア夫人を誹謗する悪い噂も流れている。ユリア夫人自身開催に興味を失っていたが、それでも彼女はなんとかレムブケーを舞踏会に引っ張り出した。語り手は、その時の夫人の心境がどんなにか苦しかったことか想像し、また朝の講演会によって引き起こされたレムブケーの様子が、一段と悪化していることを記す。ところでこの舞踏会では文学的カドリールなるものが計画されていて、それが人々の異常な関心を呼んでいた。

カドリール（кадриль）というのは元来二組のペアの踊り手による踊りだが、それに文学が付くことで好奇心をかきたてたというわけだ。しかし語り手は「この『文学カドリール』

なるもの以上に、みじめで、俗な、愚にもつかぬ、味もそっけもない譬喩は、ちょっと想像するのもむずかしいくらいだった」と批評する。しかし、その馬鹿馬鹿しさが、取り返しのつかない悲劇を将来することになるのだし、それこそ悪霊的ニヒリストの思うつぼだったのだ。それはカルマジーノフによって発案され、実際に組み立てたのはリプーチンだったというが、カルマジーノフの熱の入れようは、彼自身が、仮装して出場してもよいという肩の入れようだったという。六人の仮装者が出るが、仮装らしい仮装もしていなくて、一人はごま塩のあごひげを首に括り付けて仮装とした男、これはそのしゃがれ声で有名な新聞（『声』紙）を象徴することになっていた。XとZの文字を燕尾服にピンでとめている二人の大男は、なにを現わしているかはわからない。『潔白なるロシアの思想』は枷をはめられた中年紳士であらわされており、そのポケットから外国からの手紙がのぞいていて、『ロシア思想の潔白』を証明するものという。その両脇では断髪の『虚無主義女』が躍っている。その相手はこん棒をもった大男。これは「なにかおどしのきく新聞をあらわしたもの」だが、そのくせ『潔白なるロシア思想』の彼を見つめる視線にはおどおどし、パ・ド・ドゥ（Pas de deux）を踊る段になるとまるで良心の呵責に堪えがたいとでもいうように、身体をくねらせた。

　ロシアのジャーナリズムを見立てた馬鹿馬鹿しく退屈な仮装舞踏で、語り手は見ていて恥ずかしくなったという。

羞恥の感情は一般の観衆にも現れており、てんでに批評が始まった。語り手は羞恥に捉えられると、腹をたて、皮肉を弄したくなるものだと説明する。羞恥の感情は、一般的には人前にはさらしたくないものが、さらけ出された時に起る感情だろう。一般的には個人的な内密の感情だろうが、この場合は見ている対象の惹き起こす感情なのだ。対象の行為をむしろ恥ずかしいと感ずるのだ。観衆の言葉は腹をたてたうえの、てんでばらばらの放言だ。あるものが、あれは『声』新聞の批評だといえば、それがおれと何の関係があるかと野次り、馬鹿な奴らだといえば、馬鹿なのはわれわれという答えに、なぜ君が馬鹿なのか揚げ足をとる、蹴っ飛ばしてやりたい、広間ごとゆすぶってやりたい。レンブケーー夫妻は良く恥ずかしくないな、僕は恥ずかしい、という男は男で、豚と罵しられる。

ユリア夫人のそばの一人の婦人、かつてユリア夫人に玄関払いをされたという私怨を持つ婦人が聞こえよがしに、こんな平凡な舞踏会は見たことがないと毒々しく言い放つ。ユリア夫人が、そんならどうして出かけて来たのかと嫌味で応酬する。この地方での名士の将軍が、ユリア夫人に帰った方がよい、なにか厄介なことが持ち上がらないうちに、と囁く。しかし、もう遅かった。「なにかおどしのきく地方新聞」発行者の仮想男が「潔白なるロシア思想」の眼鏡越しの視線に堪えかねて、逆立ちをしてメガネの方へ歩き出した。これは地方新聞の「常套手段たる常識の逆立ち的曲解を象徴するはず」だったが、群衆の哄笑はそのことを理解したのではなく、ぺらぺら裾の燕尾服の逆立ちは、馬鹿馬鹿しくも滑稽だったからだ。燕尾服姿で、こん棒を持つ大男はいかにも権威的な厳めしさを持つ。それが逆立ちをしてみせるとは、聴集が笑いで沸き立つのは当然のことだ。

（筆者はここで鷗外の「ファスチェス」という風刺的短編を想起した。これは当時の言論統制を皮肉った作品だが、その結末は一人の男の登場で終わる。それはハイネの詩にも出て来るローマの権威の象徴たる警備人で、ファスチェスなるこん棒を以て不逞の輩を罰しようという男だ）。

鷗外の「ファスチェス」ではこん棒の大男は逆立ちなどしないが、この仮想舞踏会では逆立ちをする。これはユリア夫人の思いもかけないことだった。この逆立ち男の正体は他ならぬ道化者リャームシンだった。そういわれればなるほどと合点がゆくだろう。聖なるもの、真摯なるもの、尊厳なるものの冒瀆ぐらいリャームシンの得手とするものはないからだ。このリャームシンの道化的行為が、遂に知事レンブケーの怒りに火をつけた。彼はすでに祭りの進行に伴う無頼で放恣で破壊的なムードの拡大に神経をとがらせていたが、このリャームシンの逆立ちを見て、あの悪党をひっくり返せと叫ぶ。その途端リャームシンはくるりと立ち上がった。そこで笑いはさらに強まった。

リャームシンの道化ぶりは堂にいっている。知事レムブケーの怒りを逆手にとって、それを笑いに転換する。知事の怒りは増幅され、それは周囲で笑っているものにまで及ぶ。

レムブケーは笑っている悪党どもを皆追い出せと命令する。

しかし悪党と呼ばれて、民衆は黙ってはいない。抗議の声が起こる。

それはいけない、という声。民衆を悪罵してはいけないという声、自分が馬鹿なんだという声、群衆はレムブケーに詰めよってきた。

ユリア夫人は夫の手をひきながら、群衆に向かい、夫を許してやってくださいと懇願した。

語り手はユリア夫人のそのような言葉は初めて聞いたという。

あの気位の高いユリア夫人にしてそのような言葉が発せられるとは、語り手にとっても驚くべきことだったにちがいない。「また今朝とおなじことになった」女の声が響いた。そこに今朝と同じように、爆弾が投げ込まれた。「火事だ！　川向う一面が火事だ！」という恐ろしい叫びだ。

一挙に会を破壊する爆弾ともいうべきその叫びは、一同を驚愕の嵐の中に巻き込んでしまう。シュピグーリンの労働者の放火だという声が聞こえた。最も驚くべき叫びは、私たちの留守の間を利用して放火する為、私たちをここに集めたのだという声だった。

火事は三カ所で起きていた。ひとびとは入口でもみ合い、レムブケー夫妻もほとんど押し潰されそうになる。レムブケーはひとりもここから出すな、身体検査をするのだと絶叫する。罵詈が聞こえる、ユリア夫人は極度の絶望に襲われて、アンドレイと夫の名を叫ぶ。レムブケーは、物凄い態度で夫人を指さし、この女を一番に捕縛し、身体検査しろ。舞踏会は放火目的で開かれたものだ。この叫びで夫人は気絶する。気絶したのはもっともだろう。これまでユリア夫人を絶対としていたレムブケーが、混乱の元凶は他ならずユリア夫人と絶叫したのだから。

語り手は将軍と共に、馬車で彼女を家に運ぶ。

警察署長がレムブケーをそこから引きだすが、彼を連れて、火事場に直行してしまった。警察所長が現場に急行し燃えているのはニヒリズム、悪党らが女性家庭教師をだしにして祭りをしたのだと叫ぶ。レムブケーは老婆を救おうとして、落ちて来た板を頭に受けて卒倒し、意識を失う。こうしてかれの政治的使命は閉ざされ、スイスの療養所で過ごすことになる。

この後、人々は一カ所の焼け跡から、レビャートキン大尉、その妹のマリア、女中三人の死体を見つけ、火事の異常性に気付くことになる。

この火事をスクヴェルシニキーの広間から眺めていたのが、リーザだ。一晩運命的な一夜を過ごし明け方火事を一望する。ピョートルがやって来る。彼はレビャートキン兄妹殺害を告げる。リーザがそれを耳に挟む。彼女はレビャートキン兄妹の死をみたいといって歩きだす。途中ステパンと出会う。かれはいまや放浪の旅に出る所だった。両者はやがて死に行くのだが、ステパンの死はいわばその夢想に殉じたものであったのに対し、民衆の激昂によって殺害されるリーザの死は殆んど自殺に近い死と言っていいだろう。こうして祝祭は暗転し、終息する。祭りの間に演出されたピョートルの奸計による大尉兄妹の殺害は、スタヴローギンのいわば無意識的願望の達成によって、ピョートルがスタヴローギンを悪霊的偶像として取り込む狙いだった。

V・イヴァーノフはスタヴローギンをネガティヴなファウストといい、足の不自由なマリア・レビャートキナをグレーチヘンに見立てているが、悪霊的放恣を極めた祭と、連続する火事の混乱こそ、『ファウスト』でメフィストーフェレスがグレーチヘンの悲劇から主人公の注意をそらすためファウストを連れ去った悪魔の饗宴ワルプルギスの『悪霊』版ではないか。この点で祭りは『悪霊』の最大の転換点、先に引用したピエール・パスカルの言葉を使うならば最大の〈coup de théâtre〉ということになる。

このあと、スタヴローギンは、シャートフ殺害のときには、姿を消し、やがて戻ってきて、自殺してピョートルの計画を挫折させる。こうして、悪霊的秘密結社は崩壊し、ピョートルひとり国外へ出てゆく。スチェパンは死の直前聖書売りのマリアによって看護され、信仰の復活を得、歓喜に満ちた死を迎える。やがてヴァルヴァーラ夫人もマリアを迎え入れて、ともに聖書を売って歩こうという伝道の道へと入ってゆく。

第十一章　両極一点において相交わる

『悪霊』は二つの死によって終わる。ひとつはスチェパンの死であり、ひとつはスタヴローギンの死である。この小説空間はふたりの美しい師弟関係から始まり、ふたりの死で終わるということはなにか考えさせるものがある。ステパンはスタヴローギンにとって、真の意味での魂の父親というべきものだったかと思う。ステパンは「少年の心の深い奥底に潜んでいる琴線に触れて、まだ漠としたものではあるけれど、かの神聖な永遠の憂悶の最初の感覚を、呼び覚ましたのである」という。

スタヴローギンとは、この永遠の憂悶に憑かれた存在に他ならなかったのだ。その波瀾に満ちた生涯は、その魂の底に横たわる永遠の憂悶の不可思議な光を、不断に浴びながら辿ったものではなかったか。中途半端な妥協などなく、その不可思議な憂悶をそのままに生きた、それがその生涯だった。恐るべき心身両対極のせめぎ合うエネルギーの凶暴な支配のままに生きて、そこをブレイク・スルーするべき出口を求めての生涯だった。そして究極の解決として、自己の抹殺へとたどり着いた。傲岸極まりない魂の、自己をけがらわしい虫とまでみなすこの自己否定。謎に包まれたこの人物の最後に投げかけた、ある意味で最大の謎というべきもの。ただそれを貫いて、ひとつ確実なことは、縊死した少女の夢での憑依のもたらす感触だろう。その感触が、アドリア海の壮麗なパノラマ的楽園のただなかに突然現れるという、衝撃の感触、これだけは唯一スタヴローギンの真実の言葉であるに違いない。そしてこの衝撃をもたらしたものは、今述べた魂の奥底の永遠の憂悶神秘の光ではなかったろうか。

これはステパンのいきかたとは全く対照的といえるのだが、しかしステパンの死もまた、その理想の為の死という点で、実はそこには永遠の憂悶を秘めた情熱の潜在があったと考えるべきかと思う。彼はヴァルヴァーラ夫人との決別の後、放浪の旅に出る。かれは誰をも恨むことはしない。ヴァルヴァーラ夫人に対する愛を、ドン・キホーテのヅルシネア姫にたいする愛のごとくいだきつつ、一切の罪を自らに負い、黙示録のなかの言葉にある「なまぬるく生きた」自分を責めつつ、神への賛美のうちにあの世に旅立つのだ。「なまぬるく生きた」という自省の言葉はスタヴローギンの「否定すらも鋳あがってはいない。すべてが浅薄で、だらけているのだ」と響き合っている。

師弟はここにおいて、大きな曲線を描きつつ、全く正反対の極から一点美しく交わったのではないか。ここに『悪霊』の暗黙に語り掛ける最後のメッセージがあるのではないか。『悪霊』は〈悪魔のヴォードヴィル〉を中核構造にしかけながら、そこを打ち破る、魂の奥底に深く潜在する聖なるエネルギーによる救済の一歩への、黙示録的世界のドストエフスキー的表出だったと思う。

追　記

本稿の解読・引用は基本的には全て米川正夫訳によった。なお本稿は、「ドストエフスキーの会」例会での発表「『悪霊』における悪魔の戦略─「悪魔」のヴォードヴィル」（九州大学大学院比較社会文化学府『Comparatio』Vol.21, 2017 に収録）に連続するものである。

1　『悪霊』におけるヴォードヴィル的ドラマの帰趨

以上みてきたように、『悪霊』においてヴォードヴィル的構造、それも悪魔のヴォードヴィルというべきドラマの内包されていることは明らかに見て取れることかと思う。しかし正確に言うならば、それは単に悪魔の支配意志がそのまま実現するものとして内包されているのではなく、やはり人間の永遠を求める意志との激しい葛藤の中に置かれたものなのだ。先にふれたキリーロフが、ピョートルの巧みな話術と誘導によって、約束の遺書を書くが、それは悪魔の策略に屈したという事なのか。ドストエフスキーはいかにもそのように書いてはいるが、実際に自殺を決行するまでの、このうえなく張り詰めた時空の中で展開される黙劇の中で、自殺によって自らを神とするキリーロフの凄まじい情念と、生命力の葛藤を描くことで、ピョートルの卑俗さを嘲笑しているのだ。キリーロフがピョートルの指にかみついた行為の中に、悪霊的なものに対する限りない軽侮と憤激が奔出しているといえるのだ。

このキリーロフの自殺はスタヴローギンに深い衝撃を与えたに違いない。それは遺書の語るところだ。しかしスタヴローギンは彼なりにやはり、そのニヒリズムを最後まで貫き、マトリョーナの幻覚によって、自己断罪を下して終わることになる。

ピョートルの策略はかなり成功するのだが、しかし自己の行った行為の重みを耐えきれなかったリャームシンの自供からはじまり、悪霊的ニヒリストのレギオン（集団）は一網打尽の結果に終わり、悪魔のヴォードヴィルは瓦解し、幕を閉じる。これは悲劇で終わったかにみえるが、ここにヴォードヴィル特有の逆説的解決が仕掛けられていたといえそうだ。ステパンは放浪の旅に出、そこで聖書売りの女ソフィアとであい、改めて聖書の中に自分への批評を見出す。そしていわば、生涯はじめて真実の生に目覚め、生きるということそれ自体が既に喜びだという真実の生き方へと還帰するのだ。このヴォードヴィルの演出家たる悪魔は結局逆手を取られたことになるだろう。ヴァルヴァーラ夫人も覚醒し、聖書売りのソフィアを家に呼び、共に聖書を売って歩こうと誓う事になる。スタヴローギンは縊死を遂げる。それは自分のようなものが生きているのは良くないという自責の念からだった。この行為は悪霊的人間の自己否定ということで、彼はその無明の闇の放浪の末に掴んだ一条の光だったとも言えそうだ。パスカルのいう両極端は一致するという神秘を目の当たりにする感を持つのだが、どうであろうか。ところで悪霊は死んだかといえば、ピョートルはするりと逃げおおせたのだ。悪霊もまた不死であるといわねばならないだろう。

2 『悪霊』このドストエフスキー風黙示録変奏曲

こうして見て来ると、『悪霊』の全貌が開示されてくるのではないだろうか。これは「悪魔のヴォードヴィル」を内包する黙示録的世界なのだ。黙示録とはアンチ・キリスト出現の終末的様相の中で真実を守り抜いたものだけが生き残る峻烈な闘争をあらわしたものだ。『悪霊』はそのドストエフスキー的変奏曲だといってよい。この作品においてぐらい、ドストエフスキーが芸術的完成を見せた作品はないし、そのことによって鮮やかな現代性を持った作品はない。それというのも、ドストエフスキーがなによりもこの小説を一つのまとまった芸術作品として創るという意志を持ったことによる。攻撃的パンフレットにすぎないとか、傾向的だとか言う批判は問題にはならない。これは実は社会主義批判でさえもないのではないか。大体ピョートルは社会主義建設など目指すものではない。破壊こそ彼の目的といっている。あえていうならば、大審問官のごとき絶対支配をこそ目指したといっていいだろう。モデル問題もいろいろあるが、それをいっても始まらない。ピョートルの原型にネチャーエフを見るのはよいだろうが、しかし『悪霊』では現実とは全く異なった自立した悪霊性に憑かれた人間として現れている。このニヒリズムの悪霊性こそもっとも現代的問題ではないか。ヒトラー、スターリン、いずれも悪霊化したニヒリズムから出ている。そう考えれば、『悪霊』のもつ予言性の大きさ、深さには目を奪われるといっても過言ではないだろう。ここであらためてキリーロフの言葉に帰って、その意味を考えて見る。

「悪魔のヴォードヴィル」この否定と破壊の精霊による人間社会の遠隔操作というもの。精霊は一たび人間に憑依するや、その人間は否定と破壊の情熱と意志とを自分のなかから湧いて出たかのように思いこみ、既成の社会秩序、制度、倫理を一挙に否定する歓喜を体験することになり、その自我は恐ろしく膨張する。この小悪魔の群れはレギオンとなって黒いユートピアに赴く。勿論かれら人間はそれが悪魔の遠隔操作によるユートピアとは思うはずはない。悪魔からすれば、こんな面白い観物はない。人間による既存社会の否定破壊が完全であればある程、完全なヴォードヴィルが創出される。邪魔者は消せ。しかし最大の邪魔者は、ニヒリズムを超えてゆこうとする者たちだろう。

キリーロフはどこからこのような発想を得たか。単にそのニヒリズムによる認識によるものではないだろう。仲間のニヒリストらの交友のなかで彼はその認識をそだてて来たものに違いない。彼がニヒリストの仲間をどのように見ていたか。彼はピョートルを激しく嫌っていた。それはピョートルの悪霊性を本能的に感知していたからだろう。その点ではシャートフも同じだ。この二人はスタヴローギンからいわばニヒリズムの洗礼を受けた。その点ではっきり他のニヒリスト群とは異なる。他のニヒリストたちのニヒリズムがどこからきたかについては、ドストエフスキーは書いてはいない。それらの人物たちは登場してきたときには、既にニリストとして登場する。彼らの特徴はその必ずしも一様なニヒリズム観を持っているわけではない。しかしキリーロフとシャートフは異なる。これは、彼らがスタヴローギンにいわばニヒリズムの洗礼を受けたことと関わるのではないか。スタヴローギンは他のニヒリストとは異なるニヒリストだ。

ロシア人はニヒリズムを一旦信奉するとなると、それを神にするという。『悪霊』でもフェヒナー、モレッショットという形而上的唯物論者を神として礼拝する士官が出て来る。考えて見ると可笑しなことではないだろうか。しかし、キリーロフやシャートフにおいてはニヒリズムは遥かに徹底したものになっている。ニヒリズムの上に生きて行くことはできない。その点でキリーロフもシャートフも一致している。シャートフはロシアの民衆と大地のなかにニヒリズム超克の活路を見いだそうとし、キリーロフは人神思想によって、生の全面的肯定、時が止まるという体験によって驚くべき思想を獲得する。このふたりの思想の原点にいるスタヴローギンこそニヒリストなのだが、一体真のニヒリストというものなど表現できるものだろうか。キリーロフは不死の信仰を失って人間は生きて行くことはできないといったが、これはニヒリズムのジレンマを的確に現わしている。ジレンマとは、生命を持たされている人間が、その生命を否定するというジレンマだ。生を否定する、例えば自殺によってそれを実行したとする。その途端ニヒリズムも死ぬ。死ぬことによって、ひとつの判断が下されることになる。つまりニヒリズムはもはやニヒリズムではなくなる。いいかえれば、真のニヒリストは、そのニヒリズムを持ち続けなければならない。いわば意味を持たないまま生きつづけなければならない、不条理へと執行された存在なのだ。スタヴローギンこそそのような真のニヒリズムによって執行された存在なのだ。周知のようにスタヴローギンという名前は、ギリシャ語のσταυροσ（十字架）からきている。Lidelle と Scott の Greek Lexikon は比喩的意味では voluntary suffering（自ら苦悩を求めること）として、マタイ、ルカ福音書のキリストの「自分の十字架をもとめよ。」という言葉をあげている。こうしてみると、スタヴローギンとはニヒリズムをその十字架として負ったものと意味が込められているということになるだろう。このことは、かなり奇妙なことだ。ニヒリズムとはいえ、ともあれ苦悩を負い続けるという意味では、キリストの教えに従っているということになる。しかもスタヴローギンの場合、そのジレンマは極限的なものだったといっていいだろう。明晰な意識と美貌、驚くべき強壮な肉体に恵まれたことは、当然のことながら、埒を超えた奔放な生命行動へと突っ走る背徳へと彼を導くことになるだろう。パスカル的にいえば divertissement（気晴らし）の世界への没入である。彼はサドも顔まけの背徳の世界にあったという。アルコールにしても、耽溺したのではないか。彼が耳を引っ張り、あるいはかみついたり、人妻に接吻したりしたのも、白い熱病だと云うが、これは過度の飲酒によるものだというが、恐らくその点でも極端のものではなかったろうか。ただスタヴローギンという人物を描くに際して、その様な過去の具体的な描写はない。ただ噂というようなものによって暗示されているに過ぎない。彼の人間関係の核心は常に曖昧で、ぼやけていて謎めいている。マトリョーシャ問題にしても、彼がその死にたいしてどのような感情をもつか、わからない。

その妻、足の悪いマリアの死についても、スタヴローギンの反応は不明だ。ただ確実に言えることは、マトリョーシャの夢に出て来る映像である。ということは、この奇怪な、極度に明晰な意識を持たされたニヒリストにとって最後にその意識の彼岸にあるもの、いかに明晰な意識をもってしても夢で襲ってくる、幻影には立ち向かえない。それこそ彼のニヒリズムへの挑戦者に他ならなかったという事だ。マトリョーシャの夢は、エーゲ海の美しい風光の夢の中に出現する。この明晰な意識の極限を生きるニヒリストが、一方でユートピア的夢を見、一方で過去の悪行の夢を見る。この夢がスタヴローギンに最終的な自殺の決断をさせたことに間違いがないだろうが、ただそれが悔恨によるものとはとても思えない。ダーシャへの遺書では自分のようなものは地上から抹殺されるべきものと記す。

このような認識がどこからきたのか。この遺書には、はじめてこのニヒリストの本音に近い部分が表現されていると思うのだが、傲岸不遜のこのニヒリストにしてこのような告白があろうとは。彼は自殺を怖れている。彼はキリーロフの自殺を批判する。彼の自殺は彼の寛大さ(ヴェリカドゥーシエ)による。自分にはそのような寛大さはない。理性が寛大さを退ける。自分は自殺を怖れている。それは欺瞞を重ねることだという理由からだ。

欺瞞に欺瞞を重ねることはできない。自分は自殺はしない。ここで寛大さという言葉が繰り返し使われていることは、寛大さというものの理解には、従ってキリーロフの自殺と寛大さとの関係を具体的に把握することは、重要だろう。

ヴェリカドゥーシエの形容詞はヴェリカドゥーシヌイだが、おなじ告白の中でダーシャの形容にも使われていることは注目すべきことではないだろうか。この告白の終わりの部分にはヴェリカドゥーシエが実に五回も繰り返されている。この語の意味は十九世紀のロシア語辞典ダーリによれば「人生の有為転変を甘受し、あらゆる屈辱を許し、常に好意を抱き、善を行う能力」とある。これは人間としての愛と関わるもであろう。キリーロフには大きな愛があった。それによって、彼は人神論をうちたてる。キリーロフの人神論とはニヒリズムの相対性の泥沼を脱して、人間に絶対の基盤を求めさせるものだ。そこにおいて人間にはすべてが許される。勿論いかなる悪を行うともよい。ただいわば一切の行為の可能という絶対の自由を獲得したものは、悪を行う事はない。これが人神思想だが、しかしそれを言い出したものは自殺しなければならない。それがなぜかはキリーロフは語らないが、明らかにキリストの殉教を踏まえていよう。死という絶対との合体によって最初の主張者は聖化される。これがキリーロフの寛大さによる、自殺というものだった。スタヴローギンにとって、まずそのような寛大さは、理性の認める所ではない、なぜならそれほど人間を愛することはできない。さらに観念をキリーロフほどに信じることはできない。彼がダーシャにあてた手紙では、自分は自殺はしないと語っているのだ。しかし彼は自殺した。なぜか。

やはりダーシャの手紙の中にその秘密は隠されていよう。自殺は欺瞞を重ねることといっている。いいかえれば、スタヴローギンはそれまでの人生をここで振り返り、欺瞞といっているのだ。つまりスタヴローギンはここにおいて、最終的に真なる自己、いわば人間の中の人間に立ち戻ったのだ。彼は自分の一切は浅いものだった。じつに確たるものがなかったと記している。感情にせよ、欲望にせよ浅薄なものだったと告白する。彼は善も悪も同等に演出できたが、そこに感情はいっさいなかったという。実にニヒリズムによって断罪された存在、それがスタヴローギンに他ならなかった。此の彼を覚醒に導いたものはやはり一連の彼のおかしてきた行為の結果としての多くの死、就中マトリョーシャの自殺があったろう。マトリョーシャの夢だけは、彼の理性を超えたもの、かれの理性では統御不可能な、恐るべき体験だった。彼は、マトリョーシャの回想も理性によって支配できると思っていたが、その夢は恐るべき衝撃力をもって彼のもとを訪れたのだ。皮肉なことに、この少女の夢の幻影こそ、彼の人生にとっての初めての確実なものだったといえる。この時点で彼は自己の人生を欺瞞の連続と把握したのだ。

彼は理性を信条に生きてきたわけだが、理性とは結局彼を欺瞞に陥れるものという覚醒に至り着いた。こうして彼はマトリョーシャの縊死を追うかのごとく縊死を遂げる。これはニヒリズムという悪霊性への彼の告発というべきものかと思う。

第三部　『悪霊』変奏曲

「祭り」――『悪霊』版ワルプルギスの夜

I　はじめに

『悪霊』において、「祭り」は大きな転換点をなす。なによりも著しいことは、これを契機に多くの人間が死へと追いやられて行くことだ。スタヴローギンの正式の妻マリア・レビヤートキナは兄大尉と共に殺害される。リーザの死、シャートフ虐殺、その妻マリアと赤子の死、脱獄囚フェージャの殺害。キリーロフそしてスタヴローギンの相継ぐ自殺。さらに県知事フォン・レンブケーの発狂。いうだに恐ろしい悲劇が連続する。社会崩壊の予兆ともいうべき火災が三ヵ所で起きる。祭りの舞踏会の夜、そのような悲劇の進行を知ることなくスタヴローギンはリーザと共に一夜を過ごす。この祭りこそ『悪霊』版ワルプルギスの夜というべきものではないか。ここにはピョートルのスタヴローギン支配の狡知を極めた計算があった。かれにはスタヴローギンを自分の破壊戦略の中に取り込み、いわば破壊の一方で暗黒の王国を作ろうという悪魔的計算があった。

こうした悲劇的事件の頻発は、プロットの流れの生み出した必然的帰結といえばそうなのだろうが、祝祭的空間の悲劇への突然の暗転、ここには『悪霊』特有の悪霊の暗躍があるのではないか。筆者は『悪霊』を〈悪魔のヴォードヴィル〉という観点に立って解読を進めているが、このプロットにみられる暗転の極端な展開には、なにか悪霊的なものの手が働いてはいないだろうかという推定にかられる。

そこから、祭りというこの祝祭空間とは、悪魔による陥穽のいわば総仕上げともいうべきものと思われてくる。ゲーテの『ファウスト』第一部においてワルプルギスの夜という場面がある。これは悪魔たちの饗宴だが、メフィストーフェレスがファウストをそこに連れ出したのは、ファウストの誘惑によって惹き起こされたグレーチヘンの悲劇からファウストの注意をそらすためだったという。この悪魔の饗宴ではエロティックな異形の魔たちがファウストの目を奪う。その間にグレーチヘンは捕らえられ、死刑台に上る運命に陥る。

『悪霊』の祭りは、勿論悪魔の饗宴などではなく、県在住の女性家庭教師の生活の援助という目的の為、講演や文学カドリールなどが組まれていて、入場料を取り、それを援助の資金にしようというもので、それ自体は時代の要求にこたえる立派な企画であるに違いなかったが、しかし実際にはこの企画の発案者県知事夫人ユーリアを自在に操っていたのがピョートルだった。ユーリアはピョートルをなにか重要な政治的秘密を帯びた人物と思い、心酔しており、夫の県知事レンブケーーの嫉妬まで招いているほどだった。しかしユーリア夫人には夫に対して絶対的な権威をもって振る舞う自負と自信があった。さらに野心があった。ピョートルはそこに巧み付け入り思うままに夫人を操ったのだ。ピョートルはこの祭りという祝祭的空間を、いかに破壊的悪霊の跳梁する反空間へと転換するかという奸計をもってユーリアを操作したのだ。

ピョートルはこれにさきだち、またヴァルヴァーラ夫人の心をも捉えてしまうのだ。このヴァルヴァーラ夫人の心をも支配してしまうという点にこの小説のヴォードヴィル的性格が鮮やかに現れているように思う。ヴァルヴァーラ夫人はピョートルの影響のもと、ステパンとの強固であったはずの友情を弊履のごとく打ち捨て、いわばステパンと別離を宣言することになるのだが、一体あの強烈な個性の、気位の高い、人間観察では厳しいとしか思えないヴァルヴァーラ夫人が、初対面の、どうみても軽佻浮薄な才子としかみえないピョートルの意のままになるなどということが想像されるだろうか。ステパンのダーシャとの結婚話のヴァルヴァーラ夫人による取り決めの一方的なことから、既にヴォードヴィル的空間が始まっているといえるが、ここに至ってその性格はいっそう濃厚なものとなったといえるだろう。ピョートルが、この結婚話についての父ステパンのためらい、疑問をすっぱ抜いたことがステパンの夫人との二十年間の深い友情破棄の起爆剤になった。つまり、このような展開は性格のかもすプロット上の必然よりは、ヴォードヴィルという喜劇空間作成上のポエチカによる性格の急変である。ピエール・パスカルは仏訳プレイヤード版『悪霊』序文の最初の所で、この小説の印象として、始めから終わりまで、次から次へと突発事件（coup de théâtre）が相次いで、読者は無秩序と混沌の印象から解放されないと記している。この日本語で「突発事件、どんでんがえし」などという訳語をつけられている原語 coup de théâtre は大きなラルース仏語辞典によれば「状況を急激に変えてしまう思いがけない出来事、状況をひっくりかえし大混乱に陥れる突然の思いがけないできごと」とある。これはヴォードヴィルという軽喜劇の手法をよく説明しているタームであるかと思う。

ヴォードヴィルでは、極めて恣意的な権力意志を持つ人物が出て来て、通常では考えられない陰謀を張り巡らす。それはドストエフスキーにおいても、『伯父の夢』『スチェパンチコーヴォ村の住人』のプロットに仕掛けられていた。それが遥かに巨大にして複雑な規模で、現実世界にむけて発揮されたのが『悪霊』だが、ピョートル・ヴェルホーヴェンスキーこそその権力意志の体現者だ。しかも二ヒリズムを現存秩序の徹底的破壊ととらえる点で、悪霊的と云える体現者だ。ニヒリズムが人々にひとたび憑依するや、それは増殖し人々の魂を呑み込み、そこに破壊的人間が現出する。ピョートルはその組織者だ。彼は自分のことを社会主義者などではない、世界を破壊する策士だとスタヴローギンに語る。彼がこの県にやってきたのはほかならずそれが目的だったという事をまず確認する必要があるだろう。

破壊の触手をあらゆる方向に伸ばしてゆくピョートルだが、まずはその県の上流階級に大きな楔を打ち込み、祭りという人心が浮足立つといってもいい時空に向けて、その悪霊的破壊計画を練り上げてゆくのだ。祭りにおいて社会的混乱を極点にまで追い詰め、悪霊がその良俗的秩序を恣に嘲笑し、ひとびとが倒錯した喜びに浸っている間に、暗黒の破壊を潜行させ、一挙に火災をきっかけに恐るべき破壊を現実化しようという、実に祭りこそその陰謀達成の頂点といっていいだろう。語り手アントン・Gはこの祭りによって引き起こされた混乱について、この語りの中でももっとも暗いものと表現した。祭りという、元来開放的で、陽気さに満ちた空間が、全く正反対なものへと変化する。ここに『悪霊』の中核的構造を為す〈悪魔によるヴォードヴィル〉の本質が露わになるといえるだろう。女性家庭教師救済という美しい理念のもとに出発した、祭りが全くニヒリストたちの嘲笑、攻撃にさらされて、遂に暗黒の空間に反転する。そこから、ニヒリスト連の笑う声が聞こえてくるようだ。

Ⅱ　破壊へのピョートルの情念

悪霊の言葉は常に二重性を持つ。ただ一回だけ本音に近いものを漏らしたことがある。それはスタヴローギンに対していった言葉だ。ピョートルがスタヴローギンになぜピョートルにとって自分が必要なのか聞かれたときの答えだ。彼は言う。僕は新しい混乱時代を現出する。シガリョーフ主義はいうまでもなく、賛成だが、それは先の話で、いまは宝石屋の店に飾るべきものだ、理想だ、僕はある偶像を愛する、それが君ニコライだ、君は恐ろしいアリストクラートだ、人間の命を犠牲にすることなど平気だ、君は指揮官であり太陽だ。僕は第一歩を考え出した、初に混乱時代を現出する。人民のただなかに没入する。僕は策士で、社会主義者じゃない。仲間に引き入れるものは「子供らと一緒になって、彼らの神や揺籃を笑う教師、殺された者より、殺した者の方がより多く発達している。また金を得るため殺人を犯さざるをえなかったのだ、などと言って教養ある犯人を弁護する弁護士」、「実際の感覚を経験するために農民を殺す学生」、「なんでもかでも犯人を釈放しようとする陪審員」「自分の自由主義がまだ不十分ではないかと、法廷でびくびくしている検事」その他官吏、文学者、味方はたくさんいる。名誉心・貪欲心が盛んなこの時代、犯罪は「精神錯乱どころか、最も健全な常識」「義務」「潔白な反抗」なのだ。今の時代は「人間がいまわしい、臆病な、残酷な、我利我利一点張りの蛆虫になってしまうような、前代未聞の陋劣な放縦の時代」だ。我々は「破壊を宣伝する」。小手だめしにまず火事を道具に使う、伝説を道具に使う。どんなやくざな集団でも役に立つ、大地は一面濛気に閉ざされ、大地は古い神を慕って号泣する。そのときイヴァン皇子が登場する、それが君です。明日にでも金はもらわずにマリアのかたをつける、リーザをあなたのところに連れてゆく。あなたは僕等のアメリカになってくれますね——三日猶予を与えます。

ピョートルは破壊だけでは仕様がないので、新しい力が必要だ、それがあれば地球でも持ち上がる新しい力が必要といって、イヴァン皇子ことスタヴローギンこそその新しい力だというのだ。その新しい力は隠されていて、ただひとりに姿を現す。そのひとりがそれを民衆に喧伝する。こうして新しい力が世界を支配するようになる。

これがピョートルの本音に近い告白なのだが、しかしこれをそのままに信ずるわけにはいかないだろう。ピョートルのこの言葉の実現は、なんのことはないその支配の貫徹に他ならない以上、ピョートルはそこにおいてこそスタヴローギンを支配する悪霊的正体を現すに違いないのだ。ピョートルの奸悪な意図においては、彼とスタヴローギンとの関係は、荒野の悪魔と大審問官の関係になるはずだ。

そうしたピョートルの本性にスタヴローギンが気づかないはずはない。しかしスタヴローギンは大審問官ではない。かれは悪霊的策士ピョートルを同伴するが、それはファウスト的意図においてだ。ピョートルがメフィストーフェレス的悪霊だとすれば、スタヴローギンはまさしくファウスト的存在、それも悪を遍歴するという、いわば倒錯した絶対探求者といえよう。ファウストが「時よ止まれ」という瞬間を求めての絶対探究者だとすれば、スタヴローギンは魂にとって真なる悔恨はありやなしやの、驚くべき逆脱的絶対探求者なのだ。スタヴローギンのニヒリズムがどのようにして形成されたものなのかは、説明されていない。ただそのニヒリズムは、例えばムイシュキンがロシアではニヒリズムも祭壇へと祭りあげられるといった程度のニヒリズムとは全く異なるものであることは言うまでもない。ニヒリズムを祭壇に祭り上げた時、ニヒリズムはニヒリズムというひとつの偶像になる。偶像に化したとき、ニヒリストは単なる偶像崇拝者に堕する。『悪霊』にもフォークト、モレショット、ビュヒネルを祭壇にして祭りあげる将校が出て来る。

面白いことに、ピョートルがスタヴローギンを新しい力、それも姿を現さず、民衆を支配するものとなってほしいといった新しい力とは、偶像になれという事なのだ。このことは、ピョートルのスタヴローギン理解の限度を示している。ピョートルには所詮人間の魂のもつ宏大な領域は判らないのだ。

ピョートルはキリーロフとの最後の対話の中で、人間は愉楽だけを求めており、そしてそれだけのものという。キリーロフはそういうピョートルにたいして、神がありや無しやに苦しむ人間の苦悩は君にはわからないといって、スタヴローギンについて、彼はたとえ信仰をもっていたとしても、持っていることを信じない、信仰を持っていないとしても、持っていないことを信じないといった。スタヴローギンのニヒリズムの特質を現わした言葉だ。いわばスタヴローギンとは神はありやなしやの永遠の問いによって虚空に宙づりになった人間なのだ。ピョートルにはこのようなスタヴローギンの巨人性はわからない。彼の人間理解は上述の言葉にも明らかなように地上的といっていいだろう。人間の地上的欲望を満たしてやれば、人間はついてくる。かれはそのようにして破壊の種を蒔いてきた。それはメフィストーフェレスがファウストのあらゆる欲望、願望を満たすことで、ファウストからその自我完全充足の瞬間「時よ止まれ」をひきだすのと引き換えにその魂を獲得するという狡猾な意図と響き合っている。ただ、ピョートルはスタヴローギンの悪の遍歴の同伴者として、スタヴローギンのほしいままな欲望の充足に仕えることで、いわばアンチ・キリストとして担ごうというものだ。メフィストーフェレスの計算同様最終的にはスタヴローギンのその魂は地獄行きということになるだろう。

スタヴローギンのニヒリズムは、不断に機能するニヒリズムだ。スタヴローギンの悲劇とは、彼の強大な人間的エネルギーが、機能する。ニヒリズムに変換されたということではないか。機能するニヒリズムとはエネルギーの無意味な永久運動だ。カミュのいうシジフオスの労働に他ならない。しかし、カミュの説くように、不条理な労働自体のなかに喜びを見出すこともできない。スタヴローギンのニヒリズムははるかに大きく深い。それはメフィストーフェレスがファウストの魂の宏大な領域を、自分の判断で裁断し、契約において勝ったと思ったとき、ファウストの魂は天上にもちさられてしまうのと同様、スタヴローギンはピョートルを自分の同伴者としながら、ピョートルの理解の届かないところで、ピョートルを見放す。そのことはピョートルにはわからない。この両者の内的世界の根本的差異によって、結局この作品にしかけられた〈悪魔のヴォードヴィル〉は瓦解することになるのだが、ピョートルだけは国外に逃れてゆく。これは新たな偶像を求めてということなのだろうか。

ピョートルの隠れた民衆支配の偶像たるべきスタヴローギンは、偶像どころではない、自己を地上から抹殺すべきものとして、あたかも少女の幻影に憑かれたかのようにして縊死を遂げることになる。この結末においてスタヴローギンはファウストの「時よ止まれ」のごとくその遍歴に終止符か打ったのだ。

彼は徹底してそのニヒリズムを貫徹したといえるだろう。キリーロフ、シャートフが結局は貫徹することのなかったニヒリズムの煉獄から逆説的な脱出を得たといえる。これはピョートルの演出する〈悪魔のヴォードヴィル〉の瓦解を意味する。もしもスタヴローギンがピョートルの奸計にのって、自らを偶像としていたならば、ピョートルの破壊工作は成功していたかもしれない。そう考えるならば、スタヴローギンとはまさにニヒリズムという十字架に処刑された存在として、不信の極北から、一挙に逆説的信へと飛躍するという巨大性を持つ存在に他ならなかったということになる。

ところでこれまでのドストエフスキーの創ったヴォードヴィル的作品『伯父の夢』『ステ

パンチコーヴォ村とその住人』ではそこに常に狡知に裏打ちされた意図があってその達成に向けて、巧みな弁証をなすというプロットが組まれていた。それは結局予想外な形で破綻乃至収束してゆくのだが、その際の弁証がなんとも巧妙なものだ。たとえば、『伯父の夢』のマリア・アレクサンドローヴナの弁証など米川正夫は大審問官の論理を彷彿とさせるといっている。そういう点で、『悪霊』におけるピョートルのなす破壊への工作は実に面白い。以下、破壊にむけてのその戦略について見ることにしたい。

Ⅲ　ピョートルの破壊戦略

その人心操作術は、相手によって、それが単数であれ、複数であれ、自在に振る舞われる。そのためには、相手のどこを攻めるかを見抜かねばならない。それは相手の人間的弱点というものに限られてはいない。むしろ長所、強い自負、自尊心といったものこそかえって、それを梃子に相手を自在に操れるものだ。その有効性は一寸した暗示だけで充分というところにあるだろう。自負は自己増殖するからだ。その点ではピョートルはいわばドイツ語でいうメンシェンケンナーだ。ただ彼にも重大な欠点がある。それは先にもふれたように、メフィストーフェレスと同様、人間理解の範囲が人間の地上的欲望と限定されているので、それを超える領域となると、一方的な理解にとどまって、致命的な過ちを犯すことになるだろう。

このピョートルの理解の一方性については脱獄囚フェージャもいっている。フェージャというような社会からはみ出た人間の方が悪魔的なものに対する感知力があるというのも、極めぐ面白いことではないだろうか。ピョートルがどうやらフォームカという悪漢を使って、フェージャを最終的には殺すのは、正体を見破られていることによる悪魔的ルサンチマンからとはいえまいか。言うまでもないことだが、フェージャのような存在は自負とか、虚栄といったものとは無縁だからだ。それはマリア・チモフェーエヴナ・レビャートキナについても言えることかと思う。しかし社会的地位をもつものは、その地位に応じてつよい虚栄心、又自負、自尊の念を持つだろう。ここに悪魔の操心術の秘訣がある。人間の自負、虚栄こそ悪魔にとって人間支配の梃子の支点だ。以下、「さかしき蛇」と比喩されるピョートルの人間社会破壊の戦略を見て見よう。

1　支配階級に楔を入れる

悪魔の支配の中核はなによりも支配階級にその楔を打ち込むことだろう。荒野における悪魔の誘惑はその象徴的な表れだ。悪魔はキリストという信仰世界の中心をおそったのだ。ピョートルは県知事というその県の中枢を狙う。その場合彼はまず県知事夫人ユーリアを領略する。将を射んと欲すれば馬を射よというわけだ。ピョートルは夫人に心酔しているとおもわせて、ユーリア夫人のうぬぼれに働きかけてまずは夫人を取り込む。ユーリア夫人は県内に国家的陰謀があって、ピョートルはそれを密告してくれる人物と思いこみ、陰謀の暴露、昇進と云った幻想、それらにかかわった青年を善道して、新しい道を示してやろうという野心にすっかり捉われてしまった。語り手は「もしユーリア夫人の自負心と虚栄心が、あれほど激しくなかったら、あの悪人ばらがこの町でしでかしたようなことは、おそらく起らなかったに相違ないのだ。これについては彼女に大部分責任があったのである！」と述べている。

いっぽう県知事フォン・レンブケーーは妻のユーリアにはまったく頭が上がらない。このロシアで教育をうけたドイツ人レンブケーーはユーリア夫人より年下で、作者はふたりの結婚までのレンブケーーの青春について、かなりのページを割いている。それは大変面白いもので、その叙述から浮かび出るのは、運命を羨むことなく、やりすごす楽天的な人間像だ。どうやらその愛読書はヴォルテールの『キャンディド』ではなかったかと思う。このナイーヴさをなお持ち続けている知事は、ピョートルを必ずしも信のおける人物とは思ってはいないのだが、専制的なユーリア夫人にはたしなめられ、あるいは手痛い反論にあっけなく跳ね返されて泣き寝入りに終わる。レンブケーーには小説を書く趣味、また檄文のコレクターでもあった。ピョートルはその小説の原稿を借りて行き、落したといっては、レンブケーーの肝を冷やさせ、また檄文のコレクションを持っていって仕舞う。レンブケーーは新しい思想に関心があり、集めたものが逆に利用されることになる。ユーリア夫人は野心家であり、女性家庭教師救済の為、祭りを計画する。しかしこの祭りをきっかけに破壊は大きく広がる。この祭りこそ、ピョートルが混乱を仕掛けることになる『悪霊』版ワルプルギスの夜に他ならなかったのだ。

ヴァルヴァーラ夫人もまたこの県での最も有力な女性だが、ピョートルは見事に彼女をも取り込んでしまう。さらにヴァルヴァーラ夫人と自分の父親ステパンの堅いはずの友情をいとも簡単に捨てさせてしまう。ステパンの父親に対する残酷な扱いは、狡知を極めたものだ。ステパンのダーシャとの結婚話にたいする疑惑に苦しむ父の告白の手紙をすっぱぬく。ヴァルヴァーラ夫人が態度を一変させ、友情なんて体の良い飾り物に過ぎないというのだが、すっかり気紛れな、社交界の夫人となってしまう。それはステパンが二十年このかた見慣れた夫人とは異なっていた。夫人は契約を提供する。一年三千ルーブリを与える、何処にすんでもいい、ここの土地でもよいが、この家ではいけない。養老院のことまでも話題になるという始末。夫人はいう。今後は別々に暮らしたい、友情なんかは体裁のいい飾り言葉にすぎないのだ。愕然としたステパンは、すべてあなたのいうことは他人の口真似ではないのか、あなたも太陽の住人になったのかとせめるが、夫人は動じるどころか、聖シストのマドンナ（ラファエロ作、ドレスデン）論議がでると、夫人はいう。今時のひとはマドンナに夢中にはならない。それは証明されている。あんなマドンナなどなんの役にもたたない。このコップ、この鉛筆は有益なもの。さらに慈善についてそれは法律で禁止すべきもの、なぜなら新しい社会組織では貧乏人はいないと口走る。ステパンはもう新しい社会組織にまで行ってしまったのかと新思想による汚染の激しさ、速さに驚く。そういうステパンをみな攻撃していると夫人はいい、カルマジーノフについての論議となり、夫人が国家的人物というのにたいして、ステパンは時代遅れの女の腐ったような奴と酷評する。――夫人はすっかりピョートルに洗脳されてしまったのだ。

この夫人のステパンへのいわば断交宣言は、この小説の大きな転換点になる。ステパンは危険思想の持ち主と見做され、家宅捜査までおこなわれ、文学講演会でのステパンの立場は決定的に苦しいものになり、その放浪、死へと運命は暗転してゆくからだ。

2　破壊こそ善とする風潮を醸し出す

ピョートルの秩序破壊の工作はあらゆる面にひろがる。社会崩壊の道は様々だろうが、社会道徳、秩序、礼節といった社会風潮の頽落はその一つのシンボルだろう。祭りに先立って、その雰囲気の醸成にも抜け目がない。その中心は聖なるものの冒涜、蹂躙というものだ。このような風潮の崩落は知らず知らずのうちにひとびとの心を侵略してゆき、気づいた時は手遅れという事になる。

県内の女性家庭教師のための祭りはたびたび延期され。町の婦人社会では軽佻の気分が漲ってきたという。こんな話が広まる。福音書売りの女の袋に外国製ポルノがこっそり投げ込まれる。彼女が勧工場で聖書を出すと、それが一緒に散乱したので、群集は騒ぎ出し、女は留置場へ連行されるといった事件である。それはリャームシンの悪戯だった。このリャームシンというのが、この小説のなかでは、いわば悪霊的道化を演ずる。この反転した世界ではさまざまな道化的存在が跳梁するが、リャームシンはそのなかでも極めて才能ある道化といっていい。ユーリア夫人はそのあくどい悪戯を怒って、リャームシンを放逐しようとするが、リャームシンは「普仏戦争」を題材にしてピアノを演奏する。プロシャ勢は「わしのいとしのアウグスチン」、フランス勢は「ラ・マルセイエーズ」のメロディーで表わされ、両者の絡み合いの演奏はなかなか見事なものだった。最初は「ラ・マルセイエーズ」の勇壮な軍歌が優勢だが、次第に混戦となり、遂に「わしのいとしのアウグスチン」の猥雑なメロディーにとって換えられる。ここでも国歌というべきいわば聖なるものが踏みにじられ、悪魔的なともいいたい嘲笑によって終わる。ここでリャームシンは面目を施すことになるのだが、リャームシンの悪魔的才能は、さらにそのものずばり聖なるものに対する醜悪な冒涜事件を引き起こす。聖母誕生寺の塀の門際に掲げられたマリアのイコンの厨子が壊され、ガラスのなかに二十日鼠が入れられていたという事件だ。人間自身の手による冒瀆にもまして、より悪意ある冒瀆といえるだろう。これはひとびとにショックを与え、フォン・レンブケーに暗い影響を与えることになる。

この倒錯した世界では自殺も一つの見せ物になる。又自称聖者も出現する。彼は川向うの商人セヴァスチャーノフの家の離れに住んでいて、信者を集めている。ひとびとはそこへ三台の幌馬車で出かけるが、そのなかにはリーザもマヴリッキイも乗っている。ピョートルとニコライが騎馬姿で現れた。その途中、自殺者の見物をしようということになった。十九歳の青年で、ピストル自殺の理由は金の浪費という事だった。自殺の現場をみる。ある男が言う。何故ロシアでは縊死やピストル自殺が頻発するのか。根が切れたか、足元の床がわきへ滑りぬけてしまったようだ。ここでも道化リャームシンは自殺者の霊に対して、あくどい悪ふざけをする。青年の食べ残した皿の葡萄を引っ張り出す。そのあと一同の気分が一層浮き立つのだ。平凡な日常から、異常であればなんでもOKという心理が瀰漫しだして、混乱の出現を望むことにさえなりかねない。やがて聖者の下へ到達する。セミョーン・ヤーコヴレヴィッチというその男はひとびとが訴えるとそれに応じて突飛な指図をする。それは砂糖をやれというもので、ひとによってその量が異なるのだ。この奇妙な聖者訪問は、一人の女性にたいする聖者の露骨な卑猥な罵声によって惹き起こされた、男たちのホメーロス的哄笑でおわるのだが、いかに聖なるものも退屈しのぎの見せ物に堕しているかを現わした一幕といえる。これはモスクワのある有名なユローディヴイをモデルにしているというが、ドストエフスキーの手によって、いかにもヴォードヴィルの一場面にふさわしいものとして破滅的祭りのいわば前奏曲として仕上げられている。

3　五人組を核に反抗的火種をまく

以上、ニヒリストらによる社会秩序破壊の、かなり露骨な進捗を見たが、かならずしも直ちにそれがニヒリストの仕業とは思えない巧妙さもそこにはあったようだ。イコンに二十日鼠が入れられていたという甚だしく冒涜的な悪戯にしても、当初は脱獄囚フェージャの仕業とされていた。もっとも破壊的なニヒリストは、もっぱら裏工作に専念して目立たたないようにふるまっているか、あるいはリャームシンのように道化的韜晦を隠れ蓑として笑いの中に秩序のそれとなき破壊の快楽を忍び込ませる。この男は実はピョートルの作った秘密組織五人組の一員なのだ。これがインターナショナルの一環で、噂では外国では既に出来ている組織だとも言われるが、ピョートルがその工作員かどうかは分からない。ただこのリャームシンや、リプーチンなどはピョートルがこの地方にやってくる前にあらかじめ組織していた作った五人組の一員だ。

ところでピョートルの五人組に対する態度は通常の組織者とは全く違うかと思う。一般的に組織者は組織の成員に対しては統率という理念のもとに臨むものだ。組織の目的達成に向けて、戦略戦術が練られ、成員の一致団結した協力によってもっとも効果的な方策が選び取られることになるだろう。しかしピョートルのリーダーぶりは全く異なったものだった。彼は二度ほど会合に出たことがある。一度は五人組のひとりヴィルギンスキーの名の日の祝いのときで、会合はその家でおこなわれた。二度目は五人組のメンバーとの会合で、祭りの終わった後の会合で少尉補エルケリの家でおこなわれたものだ。

最初のものは祭りの前、二度目のものは祭りのあとだ。その性格はガラッと変わるが、本質的にピョートルのそれに臨む態度は変わらない。最初からなんらかの目論見があって、その実行は既にかれの頭の中で決定しているという専制的態度だが、一方で、ちゃらんぽらんに見える態度を伴うところがいかにもピョートルなのだ。リーダーらしからぬ、ずぼらな投げやりな態度は、会員の不信を買わずにはいないが、しかしそんなところにも彼の抜け目なさはちゃんと潜んでいるようだ。言い換えれば相手を無警戒にさせて、相手の反応、相手の本音を探る奥の手とも見える。時に相手の虚を突くことも忘れない。それをこの二回の会合に見てみようか。

第一回はヴィルギンスキーの名の日祝いである。これは五人組の会合というよりは、十五人ほどの雑多な人たちのあつまりで、五人組とは関係のない人たち、中学教師とか、例のイコンに悪戯をしたリャームシンの相棒をつとめた神学生、中学生までいる雑多な集まりだ。スタヴローギン、キリーロフ、シャートフも同席する。そこで活発なのはヴィルギンスキーの妹だ。女学生でことごとに古い習俗には激しい否定を以て対するのだが、宗教の起源を説き、家庭についても同じようなものと説く。それに対してスタヴローギンが疑問を呈する。他の連中がそのやり取り聞いていて嘲笑する。その時助産婦のヴィルギンスカヤがスタヴローギンに、「ヴォードヴィルでも書いたら」というのだ。このヴィルギンスカヤの言葉はなかなか面白い。

一体なぜ彼女はそれまでの話題から全く飛び離れたことを言いだしたのか。思うに、それまでの対話の馬鹿馬鹿しさにヴォードヴィル的なものを感じていたのではないか。女学生を批判したスタヴローギンにヴォードヴィルでも書いたらというのは、この辛辣でニヒリストだが、極めて現実的な助産婦からみて、ニヒリスト風を吹かす若者の青臭い現実否定などは滑稽にみえたのだろう。そこから発しられた痛烈な皮肉ともとれる。いずれにせよかれらのやりとりの馬鹿馬鹿しさがこの助産婦に、スタヴローギンにたいして、そのような発言をさせたものであることは確かだろう。キリーロフもその場にいたから、その対話は聞いていたはずだ。とすれば、キリーロフが自殺直前口走る〈悪魔のヴォードヴィル〉もそのようなヴィルギンスカヤの発言の延長線上にあるものともとれる。

それはさておいて問題はこの名の日の祝いの会合は、馬鹿馬鹿しく、いかにも騒然たるポリフォニー的カーニヴァルだったということだ。ピョートルなどまったくそこに何等の情熱も示さず、鋏を借りて爪を切ったり、コニャックを要求したりしてまるで冷淡に振る舞っている。五人組のひとりシガリョーフがその独特な変革理論を披瀝し、それをめぐっていろいろ議論されるが、ピョートルはその理論の迂遠さをけなし、破壊こそ実行すべきと強調する。だれかスパイがいるのではないかという話になり、共の時シャートフが出て行き、スタヴローギン、ピョートルもそれに続いて出てゆく。秘密結社といいながら、ピョートルがそれを取り仕切っているとは見えない。しかしピョートルはその時のシャートフの態度のなかに裏切りを読み取る。無関心を装いながら、実にポイントは抑えるピョートルの狡知が伺えるのではないか。

第二の会合は祭の後、五人のメンバーは祭を契機に起きた惨劇の数々に激しく動揺していた。だがピョートルは遅れに遅れて会にやって来る。メンバーは待つ苛立ちの中で、ピョートルの専制に反旗をひるがえし彼の手を離れて、より建設的な理念のもとに新しい会を結成しようと話し合いだす。やってきたピョートルは雰囲気を察し、たくみに一同の気持ちを、シャートフ殺害に向けて同意させてゆく。彼にとっては最初に結論ありきで、その結論に向けて弁証すればよいという事なのだ。この弁証の過程は面白いものだ。ところで以上見て来たピョートルの破壊に導く戦略戦術の核心をなすものはなにか、ここで改めて考えて見たい。その自在と見える他者の操作術になにか秘訣というものがあるか。

4　ピョートルの他者操作の秘訣

ゴーゴリの『検察官』は、ある青年が地方のホテルに泊まる。この一文無しの青年が検察官と推定されてその地方の市長をはじめ、権力者たちに、思いがけない豪華な歓待を受けるという話だ。この名作の不朽たる所以は、喜劇性の中核を人間の心の機微に見出したところにあるだろう。幽霊の正体見たり枯れ尾花ではないが、人間はなにか強い固定観念にとらわれた場合、対象を見る目をそうした固定観念で染め上げてしまうことになるだろう。貧寒とした青年を中央から派遣された隠密の検察官と思いこむ滑稽な錯誤の原因は、この地方の長官達の後ろめたさにあったろう。ひとたび、思い入れたとなると、今度はその思い入れ自体増殖しひとり立ちしてゆくので、それから離れることは非常に困難になる。青年の一挙手一投足に固定観念から連想される意味を見出すことになる。まずはピョートルの人心操作術とは方法として捉えられた『検察官』の手法といえる。これはなによりもピョートルのユーリア夫人掌握についていえるものだ。

ピョートルの場合相手に応じて自在にその対応が変わるというのも、相手の持つ固定観念がいかなるものかによってである。特にこの方法は上流階級の人たちには極めて有効なものだ。さらにこの方法はその系として嘘をいう、沈黙、暗示、脅し、いなおり、揚げ足取りなどをともなう。ピョートルの場合、言葉に責任を取ることはない。徹底した言語上のマキャヴェリストといえるだろう。また大衆操作という点でもピョートルの方法は興味深いものがある。さり気なくうわさを流す、檄文を利用する、匿名の手紙を利用するといった、群集心理を巧みにとらえたものだ。

しかしピョートルの狡知の全貌を捉えることはなかなか難しい。陰謀というものが、元来秘密裡に行われるものだからだが、特に無頼の徒にたいしてはいったいどのようにして、かれらを動員するのか。さらにエルケリの場合のように、純潔なこころを一挙に心酔させてしまう、いわば洗脳の秘密は何処にあるのか。それがピョートルの持つカリスマ性によるものなのかどうか。ピョートルの弁論のおそるべき闊達さが若い柔らかい心を魅了するのか。ここには変幻自在なピョートルの、恐るべきもう一つの顔があるのかもしれない。エルケリはピョートルの国外脱出を見送るただ一人の仲間だが、彼はピョートルが立ち去った後、見送る自分に対してあまりにもそっけないピョートルの態度に心を悩まされる。なぜか。その時までは、自分だけはピョートルが特別に目をかけてくれていたと思い、ピョートルは全てで自分は無とまで心酔していた純な心が打撃を受けたのだ。打撃をうけたというのも、そのときはじめてピョートルという悪魔的道化の素顔にふれたからではないか。

Ⅳ　ニヒリズムの乱舞する悪霊的空間「祭り」、そのエスキス

『悪霊』版ワルプルギスとしての祭りはいわばニヒリズムによって汚染された人間によって、放恣な否定や嘲笑の乱舞する祝祭空間となった。語り手はなにか起こるという強い不安をもってそれを迎えた。それもそのはず、これまで述べて来たピョートルの奸計が、この祝祭空間をめざして準備されてきたことを語り手は体感してきたからだ。しかし、事態は最早とどまらない。こうしてそれは破壊的混乱を極め、終息することになる。その過程は、また実に屈曲に富んだ狂騒的場面の連続だが、ここではその過程の叙述には紙面が尽きた。とりあえずは、そのエスキスを紹介することでとどめたい。

祭は二部に分れ、正午から四時までの文学部では、カルマジーノフ、ステパン、もうひとりマニヤックな男が登場した。ステパンはシェイクスピアか靴か、ラファエルか石油か、それが問題だとし、シェイクスピアやラファエルは、農奴解放、国民性、社会主義、若い世代あるいはほとんど全人類より尊いと叫び、ステパンは泣きだす。神学生が飛び出してきて、ステパンがカルタの借りをその下男フェージャを兵隊に売り飛ばした金で払ったという事を

暴露し、ステパンは激しい罵声を浴びて降壇をよぎなくされる。不穏な会場の雰囲気は次の講師の登壇で爆発した。それはマニヤックな男で当代ロシアを弾劾し、演壇から無理やりに引きずりおろされても、又登場しては引きずりおろされ、それを救おうと十五人の男たちが押しかけるという大混乱を惹き起こす。代わって壇上に飛び出して来たのがヴィルギンスキーの妹の過激な女学生だった。

二部は夜の十時からだが、ユーリア夫人は止めたいと思うが、ピョートルの巧みな説得で行われることになる。この舞踏会では文学的カドリールという、ロシアのジャーナリズムを見立てた馬鹿馬鹿しく退屈な仮装舞踏がなされるが、ここでもあの道化者リャームシンが逆立ちをして座を沸かす。知事のフォン・レンブケーはすでに祭りの進行に伴う無頼で放恣で破壊的なムードの拡大に神経をとがらせていたが、このリャームシンの逆立ちを見て、止めろと叫ぶ。その時、一挙に会を破壊する爆弾ともいうべき火事だという叫びが聞こえ、一同を驚愕の嵐の中に巻き込んでしまう。火事の為、私たちをここに集めたのだという声がした。シュピグーリンの労働者どもの放火だという声も聞こえた。火事は三ヵ所で起きていた。レンブケーは現場に急行し燃えているのはニヒリズム、悪党らが女性家庭教師をだしにして祭りをしたのだと叫ぶ。老婆を救おうとして、落ちて来た板を頭に受けて卒倒し、意識を失う。こうしてかれの政治的使命は閉ざされ、スイスの療養所で過ごすことになる。この後、人々は一ヵ所の焼け跡から、レビャートキン大尉、その妹のマリア、女中三人の死体を見つけ、火事の異常性に気付くことになる。

この火事をスクヴェルシニキーの広間から眺めていたのが、リーザだ。一晩運命的な一夜を過ごし明け方火事を一望する。ピョートルがやって来る。彼はレビャートキン兄妹殺害を告げる。ジーザがそれを耳に挟む。彼女はマヴレッキーのもとにゆき、レビャートキン兄妹の死をみたいといって歩きだす。途中ステパンと出会う。かれはいまや放浪の旅に出る所だった。両者はやがて死に行くのだが、ステパンの死はいわばその夢想に殉じたものであったのに対し、民衆の激昂によって殺害されるリーザの死は殆んど自殺に近い死と言っていいだろう。こうして祝祭は暗転し、終息する。祭りの間に演出されたピョートルの奸計による大尉兄妹の殺害は、スタヴローギンのいわば無意識的願望の達成によって、ピョートルがスタヴローギンを悪霊的偶像として取り込む狙いだった。

V・イヴァーノフはスタヴローギンをネガティヴなファウストといい、足の不自由なマリア・レビャートキナをグレーチヘンに見立てているが、悪霊的放恣を極めた祭と、連続する火事の混乱こそ、『ファウスト』でメフィストーフェレスがグレーチヘンの悲劇から主人公の注意をそらすためファウストを連れ去った悪魔の饗宴ワルプルギスの『悪霊』版ではないか。この点で祭りは『悪霊』の最大の転換点、先に引用したピエール・パスカルの言葉を使うならば最大の〈coup de théâtre〉ということになる。
このあと、スタヴローギンは、シャートフ殺害のときには、姿を消し、やがて戻ってきて、自殺してピョートルの計画を挫折させる。こうして、悪霊的秘密結社は崩壊し、ピョートルひとり国外へ出てゆく。スチェパンは死の直前聖書売りのマリアによって看護され、信仰の復活を得、歓喜に満ちた死を迎える。やがてヴァルヴァーラ夫人もマリアを迎え入れて、ともに聖書を売って歩こうという伝道の道へと入ってゆく。

V　両極一点において相交わる

『悪霊』は二つの死によって終わる。ひとつはステパンの死であり、ひとつはスタヴローギンの死である。この小説空間はふたりの美しい師弟関係から始まり、ふたりの死で終わるということはなにか考えさせるものがある。ステパンはスタヴローギンにとって、真の意味での魂の父親というべきものだったかと思う。ステパンは「少年の心の深い深い奥底に潜んでいる琴線に触れて、まだ漠としたものではあるけれど、かの神聖な永遠の憂悶の最初の感覚を、呼び覚ましたのである」という。スタヴローギンとは、この永遠の憂悶に憑かれた存在に他ならなかったのだ。その波瀾に満ちた生涯は、その魂の底に横たわる永遠の憂悶の不可思議な光を、不断に浴びながら辿ったものではなかったか。中途半端な妥協などなく、その不可思議な憂悶をそのままに生きた、それがその生涯だった。恐るべき心身両対極のせめぎ合うエネルギーの凶暴な支配のままに生きて、そこをブレイク・スルーするべき出口を求めての生涯だった。そして究極の解決として、自己の抹殺へとたどり着いた。傲岸極まりない魂の、自己をけがらわしい虫とまでみなすこの自己否定。謎に包まれたこの人物の最後に投げかけた、ある意味で最大の謎というべきもの。ただそれを貫いて、ひとつ確実なことは、縊死した少女の夢での憑依のもたらす感触だろう。その感触が、壮麗なパノラマ的楽園のただなかに突然現れるという、衝撃の感触、これだけは唯一スタヴローギンの真実の言葉であるに違いない。そしてこの衝撃をもたらしたものは、今述べた魂の奥底の永遠の憂悶神秘の光ではなかったろうか。

　これはステパンのいきかたとは全く対照的といえるのだが、しかしステパンの死もまた、その理想の為の死という点で、実はそこには永遠の憂悶を秘めた情熱の潜在があったと考えるべきかと思う。彼はヴァルヴァーラ夫人との決別の後、放浪の旅に出る。かれは誰をも恨むことはしない。ヴァルヴァーラ夫人に対する愛を、ドン・キホーテのツルシネア姫にたいする愛のごとくいだきつつ、一切の罪を自らに負い、黙示録のなかの言葉にある「なまぬるく生きた」自分を責めつつ、神への賛美のうちにあの世に旅立つのだ。「なまぬるく生きた」という自省の言葉はスタヴローギンの「否定すらも鋳あがってはいない。すべてが浅薄で、だらけているのだ」と響き合っている。

師弟はここにおいて、大きな曲線を描きつつ、全く正反対の極から一点美しく交わったのではないか。ここに『悪霊』の暗黙に語り掛ける最後のメッセージがあるのではないか。『悪霊』は〈悪魔のヴォードヴィル〉を中核構造にしかけながら、そこを打ち破る、魂の奥底に深く潜在する聖なるエネルギーによる救済の一歩への、黙示録的世界のドストエフスキー的表出だったと思う。

追　記

本稿の解読・引用は基本的には全て米川正夫訳によった。なお本稿は、昨年五月二十日「ドストエフスキーの会」例会での発表「『悪霊』における悪魔の戦略—「悪魔」のヴォードヴィル」（九州大学大学院比較社会文化学府『Comparatio』Vol.21,2017 に収録）に連続するものです。お願いとしては、忌憚のないご批評・ご意見を戴ければ幸いです。

『悪霊』変奏としての森鷗外『灰燼』

鷗外の『灰燼』の主人公節蔵が、独特な面貌のニヒリストであるという点については既に多くの識者により指摘されているところである。しかし、その内面にみる近代的虚無の様相についてなお論ずべき幾多の問題が残されていると思われる。私見によれば節蔵は『悪霊』の主人公スタヴローギンにこそ対比されるべき存在ではないかと思われる。筆者が『灰燼』を読むたびに常に脳裡に強く印象されるのは、この両者の親近性なのである。およそ節蔵には日本的ニヒリズムにしばしば附随する陰湿な感傷性がみられないという点からして既に日本文学においては特異な存在だが、そのニヒリズムの根源が、いわばその激烈な知的エネルギーの、方途を有せぬ彷徨にあるという一点において、まさしくスタヴローギンを彷彿せしめずにはおかないのである。節蔵はなるほど鷗外の分身ではあろうが、単なる分身として鷗外自身の延長線上にのみ見るべきではなく、この長篇《ロマン》の試みにおいては、どこまでもフィクティヴな人間像を目指しての、鷗外の勃勃たる野心の発現としてこそ見るべきではないか。

従来、鷗外とドストエフスキーとの関係は、ほとんど不問に附されてきた。思うに、両作家の資質的差異が暗黙裡に前提され、その問題への接近を妨げていたことが根本にあろう。また鷗外自身ドストエフスキーに関しての言及は他のロシア作家に比して極めて少ないということもあった。しかしこれらは、両者の関係を取り上げることを否定する根拠には何らなり得るものではない。資質上の相違とか、該作家への言及の有無が、その作家への関心の深浅にそのままストレートに結びつくというのもややオプティミスティックな見方であろう。従って依拠すべきは、何よりもその作品自体の持つ味わいの、のっぴきならぬ手応えとでもいうべきものであろう。出発点とすべきはそこにこそあろう。

このような観点から節蔵とスタヴローギンの本質を、対比を通して明らかにしつつ、一方において両作家のかかわり合いに改めて新しい光を投じてみるという試みも許されるかと思う。そして、実は明治四十年代に澎湃とみなぎって来るドストエフスキー熱の高まりに、鷗外もまた無縁でない、いな相当の関心すらもひそかに抱いていたのではないかと思われ、〈灰燼に帰した〉ともいうべき近代的自意識の終末像を、節蔵において描こうという野心も、その中に胚胎し、触発され醸成されていったのではないかと思われる。『灰燼』の執筆・挫折には複雑な諸要因が絡んでいようが、そのひとつとしてドストエフスキーとの関係は看過されるべきではないと思う。

一

『灰燼』という題は、節蔵の住む死灰の如き虚無的世界を示すものであろうが、同時にまたその冷酷な視線の下で、価値の一切を喪失し、悪しき相対性の虚妄の裡に瓦解してゆく近代的世界の象徴ともなっている。これは、そのさめ切った世界の冷え冷えとした感触において、明治末期の文学の中で、特異な虚無的世界の創出といえるが、特に注目すべきは、この世界の背後にある一種毒念の存在であろう。これこそ、その世界の特質・基調をなす。従来『灰燼』の虚無的世界について言及はしばしばなされてきたが、その根源に潜む毒々しさの指摘は不充分ではなかったかと思う。そして、そこに、鷗外の見た、というよりは、鷗外の分身がひそかに身を置いていたであろう近代的自意識の極北の姿があるのであり、同時にまたスタヴローギンを彷彿させる所以もあるのだと思う。

節蔵は、一切を氷の如き無関心で眺める人間としてまず登場して来る。この点、「ニル・アドミラリ」の境に早くも達した太田豊太郎の遥かな後身ともいえる。しかし、節蔵には何かしら恐るべき暗黒の存在を、その仮面の背後に感じさせずにはおかない無気味さがある。小説は、節蔵が、九年前書生をしていた谷田家の主人の葬式に出るところから始まるが、その時谷田家の一人娘種子と顔を合わわす。種子の驚愕はただごとではない。それに対する節蔵の反応は極めて冷やかであるが、小説は、一転して過去へと立ち戻ってゆく。種子の驚愕からして、二人の間にある恐るべき秘密があり、しかもそれは通常の人間の枠から遥かにはみ出たものだろうと予想される底のものである。しかも、その恐るべき秘密にさえも、もはや何ら心を動かすということのないほどにまでさめ切った節蔵の〈灰燼〉の如き世界、いわばその過去に遡りつつ、その世界の帰趨を辿ろうというのが、鷗外の当初の計画であったろうと思われる。

鷗外は節蔵の虚無的世界の完成を三期にわかつ。すなわち、因襲的なものに対する、憤怒・軽侮・無関心の三期であって、その世界は、三期を経過して完成したものであるという。鷗外は、その経過を具体的に次のように述べている。

元来、節蔵はそれほど人生に対して濃厚な関心・要望を抱いていたわけではないにしても、それ相応の関心・要望を抱いていたが、「暫くの間同じ事を繼續してゐると、或る時突然それがひどく詰まらなくなつてしまふ。」この「灰色の日」の出現する時、突然彼は反抗的になり、絶交する。これがまず第一の段階である。この段階においては、「これと云ふ動機もなしに、人に喧嘩をし掛けたり、暴行を加へたり」する。「交際してゐる間は優しくして、何事にも譲歩し勝である」が、「初め面白く思つた點で厭になることが多」く、「絶交する時は、残忍で、何事も顧慮しない。」その性格の露骨にあらわれて最も人を驚かした例に、泉という友人の家伝の笛を突然粉砕した事件があげられている。それまで退屈しのぎに泉の笛の演奏を聞いていたのが、ある留守の日に訪れた節蔵は、笛を見て、「行きなりそれを取つて、嚢に這入った儘兩端を握つて、片膝衝いた右の脚の向脛で押へて折らうとした。併し笛は折れなかつた。さうすると、こん度は沓脱の石の上に置いて、庭下駄で蹈んだ。笛はがちやりと云つて砕けた。丁度そこへ泉は歸って來たが、節蔵は友達を空氣の如くに見て、何も言はずに、大股に歩いてその家を出た。泉は青天白日に怪しい夢を見たやうな心持がして、これも衝つ立った儘で、暫くは茫然としてゐた。」

節蔵の本質はここに余すところなく描写されている。他人にとって極めて貴重なものを、それまで楽しんでいたかにみえて、いきなり仮面をかなぐり捨て、蹂躙するというやり方には、何とも悪魔的なものがうかがえる。しかもそのやり方たるや冷静周到を極め、最も激烈であるはずの行動と、最も的確であろうとする行為の計算において何ら矛盾することなく、しかも、一度事を運び始めると徹底せずにはおかぬ偏執には、単なる性格とはいえない、何かしら歪んだ病的な異様さがしのばれる。そこに、倫理的反省などというものは存在しない。何故ならこの時、節蔵はまったく別の次元に身を置いているといえるからである。別の次元――換言すれば、ある恐るべき虚妄の感情の襲撃によって開かれたともいうべき世界であるが、それは節蔵みずから後に、「癲癇を病んでゐるものが、發作のありさうな日に aura と云ふものを感ずるやうに、『又來たな』と自分で氣が付」くと述べている所からみて、第一段階では無意識の発作としてあらわれるものなのだ。従って、節蔵が「友達を空氣の如くに見」るのも、節蔵が、そのような発作すなわち、自他を引き離し、そこに真空の如き乖離を生ぜしめる兇暴な感情の襲来の中におかれているからに他ならないのである。

しかし節蔵の内的世界はさらに推移してゆく。発作がいわば慢性化してゆく段階といってよかろうかと思う。すなわち、それは上京以後だが、「灰色の日」と「灰色でない日」の区別が曖昧になり、「灰色の日の濁りが薄らいで、その代り濁つた水が常の日に流れ掛かつて染み込んだやうになつてしまつた。」慢性化は同時に発作の前兆《アウラ》を予知し、自己の挙動を抑制し得る余地の生じたことを意味するが、それは一方では発作と発作の間の「愉快やら苦の輕減やらを」、受用することが出来なくなったことでもあったという。第二段階がこれであるが、鷗外は、第一段階から第二段階への推移の理由を説明して、要するに、「醒覺した」のだという。自他の心的生活に大きな懸隔のあるのに目覚めたというのである。懸隔とは、生活の基盤に「何物かを肯定してゐる」か、していないかという差異である。節蔵は一切に目覚め「肯定卽迷妄」と観ずる。ここから、第二段階を通じての感情の基調が生ずる。即ち世人の軽侮である。しかし節蔵の態度は、軽侮とはうらはらに「前より一層恭《うやうや》しく、優しくなつた。」という。すなわちここにおいて節蔵は仮面をつけたわけだが、それは、世間一般の偽善的な仮面の動機が「何物かを贏《か》ち得よう」とするところに発するに対して、「唯自己を隠蔽しようとする丈」のものである。

　次にくる第三の段階は、「馬鹿だ」という軽蔑の感情が、死灰の如き無関心に化してゆく所にあるが、その時期については必ずしも明確ではない。冒頭の部分の巡査との出会いの中で「氣の毒な奴だと思つたのはもう餘程前で、馬鹿奴がと思つたのはそれより又ずつと前であった。そんな反應は節藏の頭に起らないやうになつてから、もう久しくなる。」というのが手掛りになろうが、「もう久しくなる」という言葉からすれば、第三の段階は、節蔵の葬式参列の時期よりかなり以前ということになろう。いずれにせよこの三期の推移は、僧侶に対する反応の仕方の中でも述べられるものであり、鷗外がそれを作品の重要な構成上の要素と考えていることにまず間違いはない。

　ところで第三期において完成したともいうべき節蔵の内的世界は、人間的感情を完全に払拭した、「恬然としてゐる」世界であるが、しかし何かしらそこに一種謎めいた、ある無気味さが漂っているのを否定できない。それは例えば、本堂の縁側で書き物をする節蔵のところに寄って来る男の子に見せた顔の恐ろしさとか、或いは読経する若い僧侶の「かちかちと打ち合ふ齒の音」を「一種の volupté を以て」聞いているということなどから想像されるものである。節蔵の「恬然たる」様子は決して覚者のそれではないであろう。男の子に見せた顔には、節蔵のいる世界の毒気が噴出した感があるし、僧侶の歯のかちかち当る音にvolupté をもって聞き入るというのにも、ある倒錯した瀆聖の感情の存在がうかがわれるように思われるのだ。この若い僧侶の読経という行為を、「物欲しげな、何物にか甚だしく餓ゑてゐるやうな、蒼白い、頬のこけた、長い顔が、口を圓く開いてゐる。善く揃つた、眞つ白い齒が、上下とも殆ど皆露《あらは》れてゐる。雨垂拍子《あまだれひょうし》に讀む經の文句と共に、上顎と下顎とが開《ひら》いては又合ふ。此僧は經を噬んでゐる。」といった何とも毒々しい表現によって描写するのだが、「經を噬んでゐる」という表現に至って、すべて「反噬《はんぜい》」することを徹底的に憎悪した第一期のあの憎悪はなお潜在していると感じさせずには置かないものがある。しかし、節蔵の反応は、その最も憎悪し軽蔑すべきものに、volupté を感ずるというまでに変化したのであるが、それは、歯の露出とともに新しくされる瀆聖の感情から来るものに他ならないのである。真の軽蔑は、無関心にあるというが、ここにおいて節蔵は、軽蔑を愉しんで一種の快楽にまで達した境にあるといってもよいかと思う。

二

節蔵のこのいわば「恬然たる」かに見える第三段階の内的世界は、謎めいた暗黒を深く蔵しているかに見える世界である。その登場の仕方といい、またその内的世界の推移の過程といい、スタヴローギンを連想させずにはおかないのである。

スタヴローギン自身その性格の形成において屈折を経ている。十六歳頃はひ弱で、青白い顔をして、不思議なくらいもの静かで、ともすれば考え込みやすい青年であった。それが突然気ちがいじみた放蕩を始める。事件を惹き起すが、そこには何か余りに醜悪なあるものが感じられたという。しかもその暴行事件においてスタヴローギンは侮辱の快感それ自体が目的であったのだ。決闘を挑発し相手を殺す。それから下層社会での放浪。やがて町にあらわれるが、その時人びとの予想とはまったく異った美男子であった。しかも単なる美男子ではなかった。

「一口に言えば、画に描いた美男子であるべきはずなのだが、それと同時に、なんとなく嫌悪を感じさせるようなところがある。人は彼の顔が仮面に似ていると言った。が、また多くの人は、彼が恐ろしい腕力を持っているとも言い伝えた。(1)」

暫くひっそり暮した後、突然野獣は爪をあらわす。一連の奇怪な事件のあと営倉へ送られるが、突如恐るべき力を出して営倉を破ろうとする。精神病と診断され、二ヵ月の治療の後全快し、その後彼はヨーロッパ中を旅行する。――

こういったスタヴローギンの性格形成上の推移は、いわば前史風に語られるのであり、その本格的な登場の時期にあって、それらはいずれも謎めいた背光としてスタヴローギンを照射するのである。この謎めいた人物は、奇怪な過去を仄暗く沈ませ、しかしその過去は時に亡霊の如く立ち現われては彼の存在そのものの根を震撼させるのである。という意味においては『悪霊』もまた、過去が発かれてゆく小説であるともいえる、そしてそれは同時にいわば近代という民族の病根が白日のもとに曝け出されてゆく過程でもある。

このようにして、節蔵とスタヴローギンの両者には、その人物像の根本的な設定において親近性が見出されるのである。なかんずく激しい知力が、不可解な暴力の突然の発現と何ら矛盾しないあり方において、酷似していると思われるのである。ところで、スタヴローギンにおいてこのような悪魔的なとも言える発作はいかなるものから生まれて来るものであろうか。

スタヴローギンは、巻末で自殺する前、ダーリヤあての手紙で次のように述べている。

「私はいたるところで自分の力をためした。それは、あなたが『自分自身を知る』ようにと言って、私にそう勧めたのだ。こうして、自分自身のために、また人に見せるために試験する時、この力は限りなきものに見えた。私はあなたの目の前で、あなたの兄さんから頬打ちの侮辱を忍んだ。公然とあの結婚を自白した。が、いったい何にこの力を用いたらいいのだろう。これがついにわからなかった。……私は今でも昔と同じように、善をしたいという希望をいだくことができ、またそれによって快感を味わうこともできる。それと同時に悪をも希望して、それからも同様快感を味うことができる。しかし、その感じは両方とも依然として浅薄で、かつて非常であったためしがない。[2]」

ここにスタヴローギンの本質が、端的に示されている。その無限にみえるエネルギーは目的を見出せず、方途を見失って、結局は相対性の悪しき沼に転落せざるを得ない。一切はいわばそのエネルギーの戯れの場と化し、恐るべき倦怠に鞭打たれながら、好奇の赴くまま対象から対象へと経過しつつ、しかもそこに何ら持続する忍耐はない。そこでは、善も悪も同一平面でのあそびでしかなくなる。憤怒の発現も、また憤怒を意志力で抑える試みも、いわば、倦怠から発した快楽の一様態でしかなくなる。そこでは否定すらも、真の否定ではありえなくなる。真の否定には、対象との、少くとも真摯なかかわり合いがなくてはかなわないからである。スタヴローギンに欠けているのは、根本的に、そのようなかかわり合いである。そして、スタヴローギンをして、世界から彼を引き離させたものは、その鋭い知的批判力・分析力である。その知的エネルギーの放恣なる跳梁の無限の渦動の中から、怪物が生まれるべくして生まれたのであろう。こうしてその知力は、悪魔の戯れにも比すべき、空転する否定力である。ここにその毒々しさが胚胎する。

さて節蔵はどうかといえば、先に述べた笛の例に見たように、節蔵と外界との関係は、愛ではなく、もっぱら好奇という形でのみつながっている。節蔵は、成程すべて因襲的なものには恐るべき反抗感情を抱くが、それは彼の自我解放の妨げになるとか、反近代的だからといった理由からではないようである。そのような意識的なものではない。遥かに深く身心の奥底に潜む無意識の噴出である。いわば、それは好奇と倦怠の両輪で拍車かけられるところの、生理的・肉体的嫌悪感である。批判的精神の発現に似て、しかし本質的に異るものである。このことは、先にも触れたことであるが、「壹」章で、本堂の縁側に腰かけている時寄ってきた際の男の子の叙述ひとつを取ってみても明瞭である。既にこの時節蔵は、その内的世界がひとまず先述の推移を終え、徹底した無関心の死灰に蔽われているはずのものであるが、その時の節蔵の表情は、鷗外の筆によれば次のように記される。

「この時節藏は萬年筆の手を停めて、子供の力へ正面に向いて只一目子供の顔を見た。併し此時の節藏の顔は餘程恐ろしかつたものと見えて、子供は行きなり差し伸べた手を引っ込めて、二三歩跡へ下がつた。そして不思議な物でも見たやうな、あつけに取られたやうな顔をして、（以下略）」

「餘程恐ろしかつた」というのは、人間として恐ろしいというより、「物」としての恐ろしさであるという点に注意する必要があろう。これはいうまでもなく節蔵の恐るべき冷たさから来る。これはもはや批判精神などというものとも異なる。外界への愛を伴わぬ、いわば方途を見失い、人間的連帯というもの一切を失った極北の精神の放つ、幽鬼のような死臭の漂う世界であり、それこそが「空氣の如く」友人を見ていた当時以来の節蔵の精神の基調であり、またその毒々しさの根源であるのだ。

ところで節蔵はポーの『鐘楼の悪魔』(The Devil in the Belfry)に「強い印象を受け」て「新聞國」の創作を思い立つが、これは極めて象徴的であろう。レオン・ルモニエ（Léon Lemonnier）によれば、(3) この作品は、ハドソン河流域に初めて定在したオランダ移民の諷刺だというが、ともあれ平和裡に暮らす民衆の幸福の最中、突如、悪魔を出現させ、この国の価値の中枢ともいうべき鐘楼に登らせ、まるで面白半分ででもあるかのように、無造作に、しかし容赦なく時の観念を破壊させるという点、いかにも毒々しい作品なのだ。

「新聞國」は「血の出るやうな諷刺である」という鷗外の説明の言葉にもかかわらず、それほどの毒は感じさせない、というのも、諷刺の対象となる国の中軸を、時とするのと、新聞とするのとの違いによるのであろうが、それにしても「氷の如く冷か」なスタイルに毒を沈潜させた諷刺とはいえるであろう。日本を〈新聞〉という現象にすべて還元して、それを冷ややかに分類し、政治家・人民・知識階級を平等に諷刺と揶揄の対象に挙げる。やがて構想は〈政変〉にまで進むが、そこで中断する。〈新聞國〉の中断は、同時に『灰燼』の中断でもあるが、その趣向においてポーの作品と共通する面が深いのである。

節蔵の描写する〈新聞國〉は、その〈政變〉を通してポーの描く世界の如く〈灰燼に歸す〉のかもしれない。そして、それが節蔵の内的世界の照射の生み出した世界にほかならないという意味では、〈新聞國〉の〈灰燼〉の中に、ひとり跳梁するのは節蔵のおよそさめ切った虚妄感であろうか。

三

以上、対比的に節蔵とスタヴローギンを論じてきたわけだが、では、具体的に鷗外に、節蔵創出に関係して、ドストエフスキーの文学、とりわけスタヴローギンという人物からの示唆を得たということはあったか、どうか。ここで、鷗外とドストエフスキーという文学的交渉に眼を転じてみたい。

鷗外はドストエフスキーをもっとも早く読んだ明治人の一人であった。『罪及罰』の題名は、明治二十二年暮から翌年一月にかけての「柵草紙」に見られ、同誌第三十五号（明治二十五・八・二十五）には「劇としての罪と罰と」という題の小文があり、「トルストイ」（明治三十二）には、トルストイ、ドストエフスキーこそ「顱頂より足尖に至るまで魯人」として、「Dostojewsky を讀めば、此國の少年界を覗ふべし。神を敬せず、人に服せずして、却りて又破廉恥没道徳に堕ちず、疑を懐いて自ら責め岐に臨みて徒に哭す。人人天堂地獄の分るゝ所の地に立ち、犯罪の芽蘖は茲に伏せり。Dostokewsky の詩は犯罪の心理なり。知らず、此種の醱酵は果していかなる酒をか成す（4）」とある。

これらからみて、鷗外が『罪と罰』を読んだことはほぼ明らかであるが、その時期はいつ頃であろうか、現在鷗外文庫に入っているレクラム版のドストエフスキーは次の三冊である。

1.Ezählugen. Frei nach dem Russischen von Wihelm Goldschmidt, 1888(Reclam Nr. 2126)
2.Schuld und Sühne. Übersetzt nach der 7. Aufgabe von Hans Moser, 1888(Reclam Nr. 2481-2485)
3.Memoiren aus einem Totenhaus. Übersetzt von Hans Moser, 1889(Reclam Nr/ 2467-49)

モーゼル訳については、高橋五郎が魯庵訳『罪と罰』の批評（「国民之友」一七三号）で引用しているところからみて此頃には日本に入っていたであろう。鷗外は魯庵訳にも眼を通していたことは、『三人冗語』の「名曲『クレッツエロウ』」の合評中の「醫學生」談からも伺えるところである。

長与善郎の『わが心の遍歴』に「『白樺』の創刊当時と前後していた」頃、原田熊雄と鷗外を訪れた時の記事がある。(5) その時、鷗外は二人を前にしてドストエフスキーの名を挙げたが、専吉（善郎）が知らないと答えると、「『あの『罪と罰』という有名な小説を書いた人さ。ロシアの……』と専吉の無知に驚くように」答えたという。これは、長与善郎のドストエフスキー開眼のきっかけとなる。

明治四十四年七月の「中央公論」所載の「島村君について」という批評短文の中で「僕は日頃ドストエウスキーを讀んでゐるが、或る獨逸人があれを評した詞に『ウウフェルロオス』といふことがあつた。岸がないといふことである。此詞は長處をも短處をも指している。島村君は全くその反對であるらしい。自家批評に長じてゐる。きちんとした作を出す。大失敗の作と云ふものは決して出すまい。此邊は自然派の批評家が近年僕（森）に下した批評を取つて、其儘島村君に獻じても好いかと思はれる。(6)」と記している。

『灰燼』執筆のおよそ半年前のことだが、鷗外は内心ひそかに「僕に下した批評」に反発を抱き、破綻をも顧みない野心作へのそそのかしをドストエフスキーの繙読の中に育てていたのではあるまいか。というのも欝勃たる反発の念が前記の文の間に底流しているかに思われるからである。

ところでこの頃鷗外が読んだテキストは、最初の独訳全集、すなわち、

Sämtiche Werke. Unter Mitarbeit von DMITRI MERESCHKOWSKY hg. von ARTHUR MOELLER VAN DEN BRUCK. Übers. von E.K. Rahsin. 22 Bde. München(Piper)1906-1919.

である。このうち、現在東京大学図書館鷗外文庫所蔵のものは次のとおりである。

[3,4] Der Idiot (1909); [5,6] Die Dämonen (1907); [9,10] Die Brüder Karamasoff (1908); [14] Arme Leute, DEr Doppelgänger (1910); [16] Das Gut Stepantschikowo und seine Bewohner(1909); [17] Onkelchens Traum und andere Humoresken (1909); [18] Aus einem Totenhause (1908); [19] Die Erniedrigten und beleidigten (1910);Aus dem Dunkel der Großstadt, Acht Novellen (1907); [21] Der Spieler, Der ewige Gatte (1910)

鷗外訳『鱷』(Das Krokodil) は明治四十五年五月、すなわち『灰燼』執筆期間中に『新日本』に訳載されたものだが、原本は第十七巻所収のものであろう。書き込みはない。参考までに言うと序文に、「グロテスク風な作品『鱷』は、一八六四年の政治的社曾的總體的なロシアの諷刺である。」(Die Groteske „Das Krokodail" ist eine politisch=gesellschaftlich=allgemein russische Satire aus dem Jahre 1864) と記されている。

さて、全般的にみて書き込みは „Der Idiot", „Aus einem Totenhaus," „Die Erniedrigten und Beleidigten" „Arme Leute" 等に、欄外にドイツ語単語・縦線の書き込み、また文章のアンダーライン等が散見される程度のもので、それらはそれほど重要なものとも思われないが、二三相対的に注目されるべきものについて触れて置くと、"Aus einem totenhaus" に鷗外の関心が特に集中していたのではないかと思われるふしがある。例えば、鷗外は、同書一四五ページの右上欄の空所に、A-ff という文字を記している。その叙述が見られる男の名前(といっても略称)であるが、一四三―一四八ページにかけて鷗外はどうやらこの男については強く興味を惹かれたらしい。というのは、上記 A-ff の記入のほか、次の如く欄外の縦線とかアンダーラインの記入をその叙述の間に見出すことができるからである。今、それらをその部分だけ書き抜いてみたい。

[I] Ja, es ist sehr schwer, einen Menschen von Grund auf kennen zu lernen, selbst lange Jahre beständigen Zusammenseins genügen nicht einmal! Das war auch der Grund, warum mir der Ganze Ostrogg in der ersten Zeit nicht so erschien, wie in der letzten. (p. 143, l.12 ～ l.16)

[II] In meinen Augen war A-ff während der ganzen Zeit meinens Ostrogglebens ein Stück Fleisch mit Zähnen und einem Magen und mit unstillbarem Verlangen nach rohesten, tierischsten physischen Genüssen, und für die Befriedigung selbst der kleinsten dieser Verlangen wäre er fähig gewesen, in der kaltblütigsten Weise zu ermorden, zu erdrosseln, mit einem Wort, zu allem, vorausgesetzt nur, dass die Sache nicht herauskäme und er keine Strafe zu fürchten hatte. Ich übertreibe durchaus nicht, ich habe ihn nur zu gut erkannt. Er war ein Beispiel dafur, wie weit die physische Seite des Menschen, sobald sie innerlich von keiner Norm, keinem Gesetz zusammengehalten wird, sinken kann. Und wie ekelhaft war es mir, sein ewig höhnisches Lächeln zu sehen. Er war ein Monstrum, ein sittliches Ungeheuer. (p. 145 ～ 146)

以上縦線と横線は鷗外によると思われるものだが、人間の不可解さ、またノルムを失った人間の、無限の頽落の可能性を示す一例として、鷗外は注目したのであろう。A-ffという存在は、『死の家の記録』全体を通じて最も怪物的でおぞましい人物として極めて印象的であり、何らかの規律を失った場合、肉体的エネルギーの畸形化の一つの極限的形態であり、その点、近代の本質の鋭い射影でもあるという点で、この頃の、例えば一連の五条秀麿ものにみられる鷗外の思想と響き合うものがあろう。そして、実は、倫理的基盤の喪失という意味ではスタヴローギンと共通する面を有するのだ。

さて、鷗外はドストエフスキーの作品中の人物のうち、スタヴローギンに最も深い関心を寄せていたのではないか、と考えられるのである。それは例えば、「重印蔭艸序」（明治四十四・八・五）の中に「浴泉記。主人公 Petschorin《ペチョリン》は Lermontow《レルモントフ》が作中の人物として際立ちて現代的なる典型ならんか。此性格を病的なるまで助長せしむるときは、Dostojewsky《ドストエウスキ》の Stawrogin《スタフロギン》ともなりぬべし。[7]」とあることからも、推察されるものである。鷗外は同序で、「ぬけうり。Lermontow が短篇なり。Romantik 趣味の愛すべきを取れり[8]」と記している。鷗外がまずペチョーリンに対してある愛着を抱いていただろうということは容易に想像できる。「心中萬年艸評」（明治三十五・十）の中でペチョーリンの性格について「矛盾ある性格」の心理上の例として、「知と情との一致を欠いた PETSCHORIN《ペチョリン》」をあげている。[9]「重印蔭艸序」の「此性格」という意味はこのような意味であろう。

こうしてみると、鷗外の心の中では、スタヴローギンは、貴族風のシニスムに身を鎧い、しかも欝勃たる行動への情熱に身を焼き、その矛盾の中に自滅するペチョーリンの延長線上の存在として、ニル・アドミラリの気質を持つ鷗外の好尚にかなう人物となり得たであろう。そして、このペチョーリンを介してのスタヴローギンへの親近の中から、ノルムのない近代世界の荒廃の極限を、節蔵において具象化して見ようとしたのではないか。

鷗外の作品中『假面』(明治四十二・四)、『あそび』(明治四十三・八)、『妄想』(明治四十四・三―四)『かのやうに』(明治四十五・一)、等は、鷗外文学のこの時期の基調を示すものとして注目すべき作品群だが、『灰燼』ではそれらの主題群が、凝縮して節蔵に化したかの感がある。より適切に言えば、それらの主題を、極限にまで拡大純化させること、これが節蔵剔出の最も根本的な、主要な動機ではないか。『仮面』にしても『あそび』にしても、そこに、まだ何らかの形での動機というものが存在していた筈だが、節蔵にあってはそれらの動機は、すべて無動機にまで徹底純化せしめられている。それを可能にさせるのは、いうまでもなく、節蔵の批判力、分析力の激しさである。およそ明治文学を通してジードのいうgratuite(無動機性)に達した人物は、節蔵を除いてどこにみることができるだろうか。節蔵の行為は実に無動機なのである。

鷗外は、節蔵の作中人物として独自に持ち出したエネルギーの、恐るべき破壊力の前に筆を折ったのではないか。節蔵と種子との間にはある破廉恥な関係が予想される。筆はおそらくその描出へと進むはずであったろう。一方において、〈新聞國〉の〈政變〉もまた物語られるはずである。しかし、いずれも、毒々しい内容にならざるを得なかったのではないか。いわば自己の生み出したものの怪物性の意味が、執筆の進行と同時に明らかになってきたのではあるまいか。

これは憶測に過ぎまい。しかしともあれ鷗外は、〈無動機〉の破壊力を後年の『空車』(大正五・五)において止揚する方向で甦えらせたとはいえまいか。

スタヴローギンは、最も謎めいた存在でありながら、作品の中心にあり、一切の事件は彼をめぐって展開する。スタヴローギン自身は動かないのであるが、周囲の人間が、めいめいの解釈を投げ、それによってスタヴローギンは生きてくるのである。そしてそれが再び周囲に戻って周囲の人間を動かす。そのようにしてその虚妄の世界は、いわば現勢化され、悪霊は人びとを破滅へ誘う。

さて節蔵にも同じような面がある。彼は種子の後をつける相原という「変性男子」と対決するが、その時相原はピストルで節蔵をおどす。結局、節蔵は相原に打ち克つのだが、その理由を次のように鷗外は描く。

「一體に相原は、いつとなく冷やかな、しかも軟かい空気に顔をなぶられてゐるやうな心持がして來た。莊子に虚舟の譬と云ふことがある。舟が來て打つ附かつても、中に人が乗つてさへゐなければ、誰も怒らない。それは有道者の態度であらうが、節蔵の態度には殆どそれに似た所があるのである。」

節蔵の態度が有道者の態度ではないことはいうまでもない。節蔵の虚無は、有道者の無私とは本質的に異なる。彼の行為はいわば〈無動機〉である。節蔵が相原という一種の変質的人間に対してその不道徳な行為を責めるのは、倫理的動機からではない。火事場見物に行って見ようかというほどの好奇の念の使嗾からに過ぎない。従って、相原がその行為を止めようがどうしようが彼にはどうでもよいことである。その「空氣」の如き無関心の無気味さが相原を圧迫したのである。相原がそこに、自己の悪以上のアモラル（無道徳）な存在、異次元の存在ともいうものを直覚したからにほかならない。しかし一般的には、節蔵の行為は英雄的なものとして理解され賞讃されるという結果を生む。憎悪・軽侮の極行きついた先の無関心・無動機性が、現実の中で強力な実効性を有し、さらにはポジティヴな人間性を幻想させるということくらい逆説的なことがあろうか。

『灰燼』全体の構想の中で、この逆説がどう位置づけられていたかは、もとより知る由もないが、『空車』でそれがいわば止揚されて甦えっているということはどうやらいえそうである。〈空車〉が荘子の虚舟の譬から来ていることはいうまでもないが、その〈空虚〉の持つ〈傍若無人〉な〈大きさ〉には節蔵の至りついた虚無の世界が実は響き合っているのではないか。

鷗外の透徹した視線は近代の無限の頽落の底を見抜いている。伝統的倫理観への回帰といったものもそのような認識に根ざしたものであったろう。とすれば、それは、回帰と見えて実は悪しき自由から真の自由への飛躍ともいうべきものであろう。『空車』の〈空虚〉とはそのような自由の象徴に他ならない。その〈空虚〉は道家的虚無というよりは、遥かに深く無気味な『灰燼』の世界の虚無を背後に沈ませている。その深淵の認識の上に立てられた〈空虚〉なのだ。この恐るべき自由の行使は、一方に、その毒々しい破壊作用を抑制する錘がなくては叶うまい。伝統的なものは、いわばその錘である。しかしその伝統的なものは、新しい光によって甦えったものとして、旧とは異なるものであろう。〈空車〉とは、この両者を統一する立場、真に自由なる立場、『悪霊』的世界の、ムイシュキン的止揚ともいえるであろう。

そして、実は、このような近代と超近代との対立止揚こそ、ドストエフスキーの『悪霊』の根本的主題なのであり、その点においても『灰燼』一篇の試みの中に、鷗外の破綻をも辞さぬ野心の壮大さの中に、遙かに奥深く反響するスタヴローギン的世界の谺を聞くことが出来るように思うのである。

〔注〕

（1）岩波文庫版、米川正夫訳『悪霊』（一）、六九ページ。

（2）同右、四、三八八ページ。

（3）POE, Edgar, *Nouvelles Histoires Extraordinaires*, Préface et Traduction de Charles Baudelaire; Introdaution et Notes de Léon Lemonier（Classiques Garnier), p. 271

（4）鷗外全集、著作篇、第二十巻（昭和二十六）、一四四—一四五ページ。

（5）長与善郎、『わが心の遍歴』（昭和三十五・二、筑摩書房）七一ページ。

（6）鷗外全集、著作篇、第十九巻（昭和二十七）、五四七—五四八ページ。

（7）鷗外全集、著作篇、第二十四巻（昭和二十九）、四二三ページ。

（8）同右書、四二二ページ。

（9）鷗外全集、著作篇、第十九巻（昭和二十七）、二四七—二四八ページ。

〔付　記〕

竹盛天雄氏の「『灰燼』幻想」、および清水茂氏の「ニヒリスト鷗外の定位と挫折——『灰燼』をめぐる覚え書き――」の二論考には教示されることが多かった。ここに付記して感謝の言葉にかえたい。
なお本稿は東京大学比較文学会発行『比較文学研究』第二十二号所収の拙文「日本におけるドストエフスキー」の一部を拡大したものである。

埴谷雄高『死霊』への道程としての『悪霊』

埴谷雄高には浩瀚な『ドストエフスキー論集』がある。これはいわゆる研究書ではない。ドストエフスキーに魂を摑まれた作家の自己の魂に刻印されたドストエフスキー耽読との血みどろな対決に他ならない。しかし、埴谷の対決は、かなり特殊なものというべきかと思う。特殊なものとは、ドストエフスキーをわがものとしつつ、そこからドストエフスキーの現代的欠陥というべきものを、ドストエフスキーの持つ神への依拠に見て、それを排除し、二十世紀という無神論の時代にふさわしく、無神論の時代に於いてもなお無限の謎を秘める宇宙的なものへと変換しようというものだ。

ドストエフスキーにたいして、これほど徹底してその世界に没入した文学者はいない。しかしまたその没入の恐るべき自己の灰燼から、不死鳥の如く巨大な世界・宇宙に向かって抽象観念の無限の羽ばたきを展開する作家はいない。

『死霊』はおそらく『悪霊』の影響のもとに発想されたものだろう。『悪霊』から『死霊』への道程について埴谷のいうところを聞こう。

「もし白樺時代のドストエフスキーに対する関心が『虐げられた人々』のネルリに象徴されるごときヒューマニスティックな関心であるとするなら、私たちの時代のドストエフスキーに対する関心は、共産党のリンチ事件といわば密着して二重映しになったところの『悪霊』のキリーロフやシャートフの死に象徴されるごとき特殊な《社会主義的》な関心といえるのであった。ここで、社会主義的という言葉が括弧つきであるのは、私たちが好んで語った論題がまともな形の社会主義であると同時に、また、非社会主義を内包したところの社会主義という複雑な形についてでもあったということを示すものにほかならない。平野謙は、現在、リンチ事件に特別な関心を持って、その史料を最もよく蒐集している第一人者であるが、その当時、私と語り合った最初の話題もまたリンチ事件と『悪霊』についてなのであった。いま思い返してみるとやや奇妙な感がするけれども、いってみれば、私たちの革命運動をうつす鏡が『悪霊』だったのである。ここでついでながら述べておくと、、平野謙は、その頃、左翼時代に放棄した大学へ戻って、後輩であった佐々木基一のさらに後輩になってしまったという具合であったが、私の記憶が間違っていなければ、彼の卒業論文はドストエフスキーだったはずである。

『悪霊』は、このように、いってみれば、私たちのインテリゲンチャたる性質や社会主義理解の幅をテストするための適切な素材であったが、ところが、やがて、思いがけぬことにその『悪霊』と深い関わりを私自身が持つようになったのである。日中戦争はそれまで就業していないものをなんらかの職業に追いやる巨大な自動機械であって、各人がつぎつぎとあまり適当でない職業についてゆく中で、私もまた古い友達のいる経済雑誌の一員となったが、その経済雑誌に入ってきた一青年が興風館という出版社にいた村上信彦を知っていて、『悪霊』の解説書である『偉大なる憤怒の書』の翻訳を私にやらないかという交渉を私にもたらしたのであった。村上浪六の息子である村上信彦は父のことをいわれるのを嫌がっている文学青年で、戦後にも出版した『音高く流れぬ』という三部作の小説をその興風館から出していたが、その出版社はさきに『カラマーゾフの世界』を出版しているので、同じウォルインスキイの『偉大なる憤怒の書』を同書館の出版目録に並べたいと意図したのである。私が持っていた『偉大なる憤怒の書』は独訳本で、偶然、本郷の古本屋の棚に見つけだしたものであった。私は、それより先、これは英語であるが、『ダニューブ』という反ナチの書物を訳した経験を持っていたので、どちらかといえば、はなはだ気やすくひきうけたところ、いつまで経っても翻訳に着手できないため、村上信彦をひどく焦慮せしめることになったのであった。私が着手できないのは、雑誌社の通例として毎晩飲む機会が私を悪魔の如くとらえて机の前に座らせないからであり、村上信彦が焦慮したのは、トルストイもドストエフスキーもちかく出版できなくなるだろうという切迫したきびしい出版統制の声におびやかされたからなのであった。

私は、ついに、湯ヶ島の手前にある嵯峨沢という温泉場に閉じこもって一挙に訳さなければならない羽目になった。ところで、それは一月足らずの短い期間であったけれども、昼近く起きてから真夜中過ぎまでほとんど一瞬の休息もなく絶えず顔をつきあわせていたので、スタヴローギンやリーザやピョートルやスチェパン氏やキリーロフやシャートフといった主要人物ばかりでなく、マヴリーキーやレビャートキンやマリヤやダーリヤや、フェージカ、それに五人組のヴィルギンスキー、リプーチン、リャームシン、エルケリ、シガーレフといった副人物の副人物まで数十年にわたって毎日つきあってきた人物たちででもあるかのごとき親密感をもたらす機縁となってしまったのであった。この文章をかいているいまとても、『悪霊』を開いてみずに以上の名を書きつらねているのであって、おそらく、一生涯にわたって亡失不可能な人物群として彼らは私の脳裏にひしめきあって棲みつづけるにちがいないのである。

独訳の原本と米川訳の『悪霊』を机の上に置き並べて、四五日ぶっつづけに坐っていると、いわば周期的に、ちょうど一人の友人がその頃宿っていた湯ヶ島まで歩いてゆきたくなるのであった。私がいた嵯峨沢の旅館はたった一軒で、戦後それは狩野川台風でそれは無惨に流されてしまったのであるが、その旅館のすぐ脇を流れている小さな狩野川に沿って赤く色づいた柿を眺めながらのぼってゆくと三十分ほどで自然に湯ケ島に行きつくのである。梶井基次郎がかつていた宿屋に私の友人は滞在していたのではなかったけれども、しばしば、私たちは渓流沿いの道を連れだって歩きながら、梶井はここをこう描写していたとか、これがあの薮熊亭だとか話しあったものである。そのため、私の暗い頭脳の奥で『悪霊』と『闇の絵巻』はいつのまにか思いがけぬ不思議で異様な繋がりを持ってしまい、真夜中過ぎに天井の高い広い部屋にひとり坐って訳していると、夜の湯ヶ島の山道で明るみを背にして向うの闇へ消えてゆく人物がフェージカに紙幣を投げ与えて立ち去るスタヴローギンの後ろ姿ででもあるような気が時折するのであった。

この翻訳『偉大なる憤怒の書』は、ところで、戦争がようやく末期へむかいはじめた昭和十八年の六月、最後のドストエフスキー関係の書物として出版された。そして、その後書きで私はいわば一つのまとまった形のシリーズとして予告したものの、『白痴』の解説書で『美の悲劇』は私の手もとで数十枚着手されただけで、ついにそれ以上翻訳されぬまま敗戦を迎えるに至ったのであった。」

なお埴谷は『死霊』と『悪霊』との関係についていろいろ聞かれたが、色々の答えの内、時に「あすこにあるのは、血と肉を欠いたドストエフスキーですね」と答えることがあったという。それをより正確にこう述べている。

「ドストエフスキーの中に見出した観念の強烈さと推論の緊迫力に歓喜した私が、観念とはかくのごときところにまで達し得るかとはじめて悟って、でき得べくんば、さらに、ホップ、ステップ、アンド、ジャンプの推論のあと中空へ跳躍したまま永劫に宙づりになっていたいという唯一の目論見を持つままに、日夜、観念だけしか目にもはいらず考えにものぼらず、受け入れるものは観念だけという具合になってしまったからにほかならないのであった。」

埴谷は彼の観念好きには二つの理由があるとして、ひとつはまず精神が存在のなかで働きうる精神自体のもつ独自性の点検と、観念的たることの否定によらなければ現実に踏み出せないという状況への反発である。その点について埴谷のいうところを聞こう。

「一歩を踏みだし得ないのにしかもなお数歩を踏みださねばならぬということは、いってみれば、不可能であり、背理であり、妄語であるがごとくであるが、しかし、一つの不思議な手段である小説の中において、ある観念とそれに反する他の観念を、ともに、その極限へ向かってひっぱってみれば、誰もがすでに知っているように、不可能で背理で妄語であると見えるものが、なんら背理でないことがたちまち鮮明になって来るのである。そこにおいては、極限へむかってひっぱられたある観念と、それに反する他の観念が、不思議なほど、【ともに】正しいのである。

私がドストエフスキーから受け取ったところの観念的という内容は、分解してみれば、このように、ある観念とそれに反する他の観念をそれぞれの極限までひぱってゆく徹底性を自らに課すということであって、若し私が二つの相反する方向に裂けてゆく巨大な幅の上になんらかの仕方で跨り得れば、私は、確実に現在を数歩越え得るはずなのである。そして、このような相反する形の徹底性がともに同じ価値を持つことは、小説という思考法式によることなくしては、他のなにものをもってしても、ついに為し得ないのであって、小説とは、いってみれば、背理の哲学であり、不可能性の不可能性の可能化であるというのが私がドストエフスキーから無理やりにもぎ取ってきたところのひそかな黙示なのであった。」

埴谷はドストエフスキーにおける対話の力を《未出発の弁証法》と名付ける。これはドストエフスキーにあっては魅力的な対話によってひとを魅了するが、しかし凄まじいエネルギイを費やして、結局最初の同じ場所へもどってゆくというのだ。ここで埴谷は、バフチンによってほとんど画期的に提示されたドストエフスキーの創作方法をポリフォニイとする見解に近寄ったかにみえるが、しかし埴谷にはそのような観点はない。ドストエフスキーの弁証法の持つ無限のエネルギーに着目し、次のようにのべる。

「この対話の弁証法は、その根源において《未出発》でありながら、また、その究極において《不可能》へ到達しようとするところの思いがけぬ姿勢を持って居るのであって、私が先に、小説とは、いってみれば、背理の哲学であり、不可能性の可能化である、と述べたのは、同じ重みをもってその暗黒の極限まで赴こうとするところのこの対話の弁証法がもたらすところののっぴきならぬ必然にほかならないのであった。

このような不思議な成り行きは、人間の生活の悲痛な、限られた記録が小説であるという着実な考え方に反して、人間の精神ははたして何をなし得るかという問いかけをひきうけるのが小説であるという独特な思考形式である、といった特殊な考え方に由来しているのであって、私がドストエフスキーの小説を他の多くの小説と画然と区別しているところの徴標はまさにここにこそあるといわねばならない。そしてその徴標をドストエフスキーに認める以上、私自身もまた、無謀であれ、極度に困難であれ、現在の現実にないものをもすでに見てしまうというその問いかけの膨らんだ課題をひきうけなければならぬ運命を持つといわねばならないのである。」

『死霊』創作にむけての決然たる言葉である。埴谷のドストエフスキー把握の一面的であることをいってもはじまらない。とにかく、ここに巨大なドストエフスキー『悪霊』の二十世紀という無神論の時代背景のなかでの創造的後継の決意をみるといえるだろう。

後記

自殺するキリーロフは死ぬ間際に悪霊的人物ピョートルに、こんな言葉を語った。もし、神がないとすればこの世界は悪魔のヴォードヴィルだ。本書はこのキリーロフの言葉によって、『悪霊』の解読を試みたものだ。

ヴォードヴィル（vaudeville）とはフランス　で発達した軽喜劇のことだ。それはやがてロシアにも伝播してゆく。『貧しき人々』が当時批評界の大御所ベリンスキーによって認められるのは一八四六年のことだが、このドストエフスキーの文壇デビューのころは、ヴォードヴィルはロシアにおいても、かなりはやった演劇のジャンルだった。ドストエフスキーも「他人の妻と机の下の夫」といったヴォードヴィル的作品を書いている。ドストエフスキーを深刻な作家とするのは、間違いではないが、しかしこのような軽喜劇的なものへの関心があったということは、知っておいたほうがよいだろう。

ドストエフスキーの文学には多分に笑いがある。それは様々な性質の笑いだが、ヴォードヴィルはその一翼を担う笑いといえるかと思う。キリーロフが「悪魔のヴォードヴィル」といった時、世界は悪魔の演出するヴォードヴィルであり、人間はそのことを知らないでいきているが、実は悪魔によって翻弄されているのだといっているのだ。

たしかに『悪霊』という小説はピョートル・ヴェルホーヴェンスキイという悪霊的存在によって支配されるのだが、しかしそこに謎めいた人物スタヴローギンが登場することによって、事態はそれほど単純ではなくなる。

スタヴローギンとピョートル、これはゲーテの『ファウスト』の有名なカップル、ファウストとメフィストーフェレスのロシア版といえるかもしれない。スタヴローギンは極めて謎めいた人物だが、いわばニヒリズムに処刑された極北的人間だ。彼には倫理的基盤がない。彼に於いて善も悪も等価だ。ピョートルの狙いは、スタヴローギンを伝説的人物に仕立てたい。しかしそれは、世界を暗黒の状態におこうという悪魔的意図をもつものだった。スタヴローギンは世界遍歴の旅にでる。その間、ピョートルはその町の権力者ユリア夫人にとりいって、彼女を彼の世界秩序破壊工作に利用する。ユリア夫人はその県内の婦人家庭教師の生活救済という触れ込みで祭を計画する。この祭りこそこの町の秩序破壊の絶好の機会になった。火災が起きる。スタヴローギンの妻たる一種の宗教狂女マリアは兄のレビャートキン大佐とともに焼死しているのが発見される、それを見に飛んで行ったリーザはスタヴローギンの情婦だという群衆の怒りによって叩き殺される。シャートフはピョートルの五人組から抜けたいという願いをもっていた。彼はロシア民族を信仰し、更に神の信仰にまで行くかもしれなかったが、ピョートルとその仲間によって古池にピストルで惨殺された後、沈められた。シャートフの妻マリアはスタヴローギンの子供を出産するが、シャートフの死を知って、シャートフをもとめて街に出てゆくとき、生んだ子供ともども死ぬ。このように『悪霊』では人間の死が数多くある。というのもそこには、見えざる「悪霊」の憑依があったのではないか。ニヒリズムの内包する「悪霊性」をこれほど深く追及した作品はまれだ。ジェノサイドとかコロナ感染の跳梁とか、なにかしら人間に憑依する恐怖の潜流する昨今、この小説は極めて現代的とさえもいえるものではないか。

なお文末になりましたが、本書出版に関しまして多大の援助を賜った鳥影社一同様には深く感謝もうしあげます。

令和四年三月　清水孝純記